एक सड़क सत्तावन गलियां

(मौलिक उपन्यास)

एक सड़क सत्तावन गलियां

कमलेश्वर

ISBN : 9788170283812

संस्करण : 2015 © कमलेश्वर

EK SARAK SATTAWAN GALIYAN (Novel)
by Kamleshwar

राजपाल एण्ड सन्ज़

1590, मदरसा रोड, कश्मीरी गेट-दिल्ली-110006
फोनः 011-23869812, 23865483, फैक्सः 011-23867791
website : www.rajpalpublishing.com
e-mail : sales@rajpalpublishing.com

यह मेरा पहला उपन्यास हैं। लिखा सन् 56 में गया था। यह उसी समय पूरा का पूरा 'हंस' में छपा था। भाई अमृतराय ने छपा था। उसी समय श्री कृष्णचन्द बेरी ने इसे हिन्दी प्रचारक पुस्तकालय वाराणसी से प्रकाशित किया। फिर सन् 68-69 या शायद इसके बाद श्री प्रेम कपूर ने इस पर फिल्म बनाई—'बदनाम बस्ती'।

इस फिल्म के बनने से पहले मैं दिल्ली में रहता था। वे दिन बहुत तकलीफ के दिन थे। जिन्दा रहने और आत्महत्या न करने की जिद के दिन थे। उन्हीं दिनों मजबूरी में मुझे इस उपन्यास को बेच देना पड़ा। पंजाबी पुस्तक भण्डार के श्री अमरनाथ ने कृपा करके 80 रु. में इसके सारे अधिकार खरीद लिए। इस उपन्यास पर लेखक के रूप में मेरा नाम रह गया पर इस पर मेरा कोई हक नहीं रह गया।

मेरे लिए यह उपन्यास उतना ही प्रिय है जितनी प्रिय मेरे लिए मेरी मां और मेरी जन्मभूमि मैनपुरी रही थी। इसे बेचकर करीब 20 साल मेरी आत्मा दुखती रही—लगता रहा, जैसे मैंने अपनी जन्मभूमि या माँ बेच दी हो !

तब यह उपन्यास 'बदनाम बस्ती' के नाम से छपा और बिकता रहा।

20 साल बाद मेरी इस तकलीफ को मेरे अभिन्न दोस्त जवाहर चौधरी ने समझा और उन्होंने श्री अमरनाथ से बात की। श्री अमरनाथ को भी इस जानकारी से दुख हुआ और उन्होंने इस उपन्यास के सर्वाधिकार मुझे बेहद शालीनता और अपनेपन से वापस कर दिए। मेरा शहर मैनपुरी तो मुझसे छुट गया पर श्री अमरनाथ ने मेरी मैनपुरी मुझे लौटा दी, तो मैं फिर से जीने लगा। जब से उपन्यास बेच दिया था मैनपुरी जाते अपराध का बोध होता था। इन्हीं अपराध-बोध के दिनों में मेरी मां को बहुत कष्ट हुआ कि मैं मैनपुरी क्यों नहीं आता। आखिर उन्होंने मैनपुरी से बाहर निकलना शुरू किया और वे बड़े भाई साहब के पास

इलाहाबाद जाने लगीं या मेरे पास दिल्ली-बम्बई आने लगीं !

मैं मैनपुरी नहीं जा पाया। गया भी तो रुक नहीं पाया—अपराध-बोध के इन्हीं दिनों के बीच मेरी माँ और मेरे बचपन के दोस्त बिब्बन (श्यामस्वरूप श्रीवास्तव) का देहान्त हो गया। मेरे लिए मेरा शहर पराया हो गया।

जब श्री अमरनाथ ने इसके सर्वाधिकार वापस दे दिए तो मन को कुछ राहत मिली। उन्होंने प्रकाशकीय उपकार तो किया ही—कितना गहरा मानवीय उपकार मुझ पर किया—इसका उन्हें नहीं पर जवाहर चौधरी को पता है।

तो अब तक मेरी ही तरह गर्दिश में चकराता हुआ यह उपन्यास अब अपने मूल नाम से छप रहा है : 'एक सड़क सत्तावन गलियाँ !'

अब यह विश्वनाथ जी के हाथों में है और मैं निश्चिन्त हूँ !

—कमलेश्वर

बम्बई

19-4-79

एक सड़क सत्तावन गलियां

मयन देवता की बसाई हुई इस बस्ती की जिन्दगी की धुरी है—यह रिकटगंज की सराय, झमनलाल की मंडी और मोटरों के अड्डे। औरतों के अपने तीज-त्यौहार, मनौती-पूजा केठिकाने हैं—शीतल देवी, गमा देवीसैयद की मजार, बाबा का थान और नीम के नीचे पड़ी मयन देवता की मूरत। दो-चार मौके ऐसे जरूर आते हैं, जब मर्द-औरतों का सम्मिलित रूप दिखाई देता है—सदानन्द आश्रम में साधु-समागम हो या मंडी में रामलीला शुरू हो।

जिले की पांच तहसीलों में सिर्फ दो 'को रेल जोड़ती है, बाकी तहसीलों के लिए आवागमन के जरिए दो ही हैं—मोटर और इक्के। बरसात में जब मौसमी नदियाँ और नाले इतराने लगते है तो रास्ते कट जाते हैं, कच्चे रास्ते दलदलों में परिणत हो जाते हैं, कंकड़ की सड़कों में भीषण दरारें पड़ जाती हैं, मोटर-अड्डे वीरान हो जाते हैं, इक्के वाले हाथ पर हाथ रखकर बैठ जाते हैं और घोड़े; उनके सिर्फ दो ही काम रह जाते हैं—पूँछ से मक्खियाँ उड़ाना और हिनहिनाना।

नदियाँ घहरा उठती हैं, पर आदमी का आना-जाना नहीं रुकता। नदियों में कड़ाह पड़ जाते हैं और इन छोटी-छोटी बस्तियों के दिलेर लोग उन कड़ाहों में बैठकर बड़ी-बड़ी भँवरें, हाथी-डुबाऊ गहराइयों और चौड़े पाट पार कर जाते है। जानवरों तक को लँघा ले जाते है। खासतौर से अषाढ में मँडी की नाड़ी धीमी पड़ जाती है...पूरी बस्ती पर उदासी छा जाती है। सब कामों के सिलसिले टूट जाते हैं। नाज की लदाई बन्द हो जाती है। पल्लेदार और तौला बेकार हो जाते हैं। सौदागरों का आना जाना बन्द। और फिर आढ़तियों की आनी तिकड़म। बरसात के लिए जिन दिनों अन्न की बेहद खींचातानी पड़ती है, गोदाम भर लिए जाते हैं। थोक बिक्री में तब उनका मन नहीं रमता...ब्याने के वक्त भला कोई अपनी गाय बेचता है ! यह तो पाप का

भागी होना हुआ। कोई हिम्मत वाला सौदागर मंडी में आ ही गया तो टका-सा जवाब मिल जाता है—अपने शहर के लिए भी कुछ रखेंगे सेठ जी, बरसात बाद आना।

मंडी की नाड़ी धीमी पड़ते ही पूरी बस्ती उदास हो जाती है। सच पूछा जाए तो शहर के मध्य में स्थित यह मंडी ही दिल है। इसी की धड़कनों के साथ जीवन की गति बंधी है। सड़कें वीरान हो जाती हैं, गलियों का उछाह मूर्छित हो जाता है। तहसील-कचहरी के बाबू लोग पैजामा-कुरता में—छतरी लगाए या तौलिए डाले झमझमाते पानी में भी निकल पड़ते हैं, बाकी लोगों के गोल के गोल बैठते हैं।

कव्वाली, गज़ल, रसिया के शौकीन मोटर के अड्डों पर; और आल्हा के शौकीन तम्बाकू वाले आढ़तियों के यहाँ जमा हो जाते हैं। मोटर अड्डों पर खासा मजमा रहता है। दर्जी और दफ्तरी का काम करने वाले आँखों में सुरमा डालकर पान की गिलौरी मुँह में भरे आलाम लेते हैं—ए...ए... जी आहें न भरीं। और तालियों की चटक मस्ती का समां बाँध देती है। ढोलक की हुमक के साथ मजलिसी लोगों की कमर थाप देती है।

और उधर, सरौते का एक हत्था पैर से दबाए, दूसरा हत्था मशीन की तरह चलता रहता है, रेशम-से बारीक सुपारी के दोहरे कटते जाते हैं। निगाह अपना काम करती है, घुटने के पास रखी आल्हा से 'सुनवां का गौना' गाया जाता है।

हर साल एक-सी मुसीबत सहते-सहते अब लोग अभ्यस्त हो गए हैं। इसलिए अजीब उदासी भरी बेफिक्री के दिन होते हैं ये। बड़े उदास, पर बड़े मोहक। छतनार इमली के पेड़ों से पानी झरता रहता, उसी के नीचे भुट्टे भुँजते। बरसते पानी की पेंगों पर किसी अल्हैत का पौरुष भरा स्वर आता—बाँध सिरोही दोनों भिरि गए, खटखट चलन लगी तलवार। और बादलों की सेना गड़गड़ाकर जूझ जाती। सन्नाती हवा के झोंके पानी की धार को दानों की तरह बिखेर देते। आल्हा की तलवार की तरह बिजली चमककर कड़कती चली जाती। इमली के फूल, पिलछहें सफेद नन्हें फूल, पारिजात की तरह झर-झर बिखर जाते।

गोबर से लिपे-पुते घरों के आँगनों में वर्षा के प्रकोप को कम करने के लिए लोढ़े से बढ़नियाँ दब जातीं और देवियों की मनौतियाँ होतीं। मंडी

के फड़ निर्जीव नजर आते। बादल का रुख देखकर गल्ले का भाव घटता-बढ़ता रहता...।

बरसात खत्म होते-होते दिवाली-दशहरे की धूम शुरू होती। घरों को बहुरिया की तरह सजाया जाता है। फूली और सूजी कच्ची दीवारों को खरोंच-खरोंच कर मिट्टी से लेप लेते। मुँडेरों की काली पड़ी हुई घासें साफ हो जातीं। दरवाजे गेरू से पुत जाते। द्वार और ताखों पर अनगढ़ हाथों से बेल-बूटे बनते। कोई दरवाजे पर तिरंगा झण्डा बनाकर और 'जै हिन्द' लिखकर सजावट पूरी कर लेता। फिर रौनक के दिन। रामलीला की धूम। मंडी का धर्मादा साल भर इसीलिए इकट्ठा होता था। मंडली आती और झम्मनलाल की मंडी में स्टेज बनता।

शाम से ही रामलीला की धूम थी। भीड़ जमा हो चुकी थी। दर्शकों में शोर मच रहा था।

पर्दा उठने में देर होती देख पंडित जी करतालें लेकर मंच पर आ गए। दायीं ओर पुरुष समूह था, बायीं और नारियों का। बीच की पतली राह पर झगड़े-फासाद और औरतों के साथ छेड़खानी करने वालों की हरकतें रोकने के लिए जगह-जगह बजरंग मंडली के स्वयंसेवक खड़े थे। पंडित जी ने एक निगाह जन-समूह पर दौड़ाई और कुछ बोले, जो जनरव में उभर नहीं पाया। करतालें बजाईं तो निकट का भक्त-समुदाय शान्त हुआ, लेकिन पीछे वालों का शोर ऊंचा हो गया। पैर वाले हारमोनियम पर बाजामास्टर दर्जी की तरह बैठे थे। उन्हें पंडित जी के इंगित का इंतजार था 'पंडित जी पूरी आवाज से चीखे—"सज्जनो और देवियो !" अपनी आवाज का असर न होते देख उन्होंने बाजामास्टर को इशारा किया।

बाजामास्टर ने हारमोनियम पर रखे हुए फूलों को सामने रखी रामायण की पोथी पर बिखरा दिया और कुंजियों पर मकड़े के टांगों की तरह उंगलियाँ टिका दीं। पैरों में हरकत हुई और धुन फूट पड़ी—"रघुपति राघव राजाराम..." पंडित जी की करतालें ऐसे बोल पड़ीं जैसे कोई गंवार गाँव की वधू लच्छे और झाँझों के साथ पैरों में खड़ाऊँ पहने धीर गति से चली जा रही हो। तबलची भीतर मूर्तियों का श्रृंगार कर रहे थे। पुरुषों में थोड़ी शान्ति छा गई; लेकिन औरतों की मजलिस बदस्तूर बातों में मशूल थी ! एकाध आवाजें

आकर मंच से टकराई—''लीला शुरू करो...पर्दा उठाओ !''

श्रृंगार में देर थी। कुछ परेशान होते हुए पंडित जी ने करतालें बजाना रोकते हुए बाजामास्टर से कहा—''फिल्मी बजाओ...फिल्मी।'' खड़े हो गए, जैसे यह शोर उनकी सामर्थ्य को चुनौती हो।

बाजामास्टर ने बाल झटके और हारमोनियम से एक बड़ी दर्द-भरी सदा उठी—''जब तुम्हीं चले परदेस लगाकर ठेस...'' बाजामास्टर के हारमोनियम से उठती स्वर-लहरियाँ वातावरण पर छाने लगीं और जब एक चीत्कार के साथ गीत की धुन समाप्त हुई तो फुसफुसाहट उभरने लगी। कातर होकर पंडित जी ऊँची आवाज में बोलने लगे—''माताओ और बहनो ! आप लोगों से विशेषकर एक बात कहनी है। आप देवियाँ मरियादा पुरुषोतम भगवान रामचन्द्र की लीलाएँ देखने के हेतु आती हैं, लेकिन अपनी घरेलू चर्चा यहाँ भी चालू रखती हैं। सो ऐसी माताओं और बहनों के लिए उपदेश है कि...'' पंडित जी अपनी मोटी-पतली आवाज में इस तरह बोले जा रहे थे जैसे कोई उनकी चाबी कम-ज्यादा करता जा रहा हो। तभी शोर और बढ़ गया। पंडित जी लाल-पीले होकर चीखे—''जो इन उपदेसों पर कान नहीं देंगी. ..मैं कहता हूँ कि जो इन उपदेसों पर कान नहीं देंगी...भगवान की लीला में हर तरह से विघन डालेंगी सो अगले जन्म में छछूंदर की योनि पाएंगी।'' शाप देकर पंडित जी पर्दा सरकाकर एकदम अन्तध्र्यान हो गए। पर शोर बढ़ता गया और स्वयं भगवान के लिए यह आवश्यक हो गया कि वे स्थिति को काबू में लाएं। इसलिए गोला दगा और तबले पर पड़ती थापों के साथ हारमोनियम के मन्द स्वर के सहारे पर्दा धीरे-धीरे उठने लगा।

थापों के साथ हारमोनियम के मन्द स्वर के सहारे पर्दा धीरे-धीरे उठने लगा।

वनवासी राम, लक्ष्मण और पराक्रमी पवनसुत के दर्शन होते ही जनता ने भक्ति से घोर जयघोष किया—''बोल राजा रामचन्द की जै...बोल लखन लाल की जै...!''

''रामचन्द कृपालु भजु मन हरन भव भय दारुनम्'' के साथ आरती होने लगी। शान्ति में सदैव पवित्रता का बोध होता है...चारों ओर पावनता बरसने लगी। संगीत, स्वर और श्वासें तक संयम में बँध गईं। रोते बच्चों के मुँह में माओं ने स्तन दे दिए। रामचन्द्र जी कहीं बीड़ी पीते न देख लें,

इसलिए बीड़ियों की चिनगारियाँ धरती से रगड़कर बुझा दी गईं।

आरती समाप्त होते ही पवित्र ज्योति दो थालों में स्थानान्तरित हो गई। नारियों के समूह में आरती का थाल ले जाने वाले कई मुरीद थे। लेकिन धोती-कुर्ता और बास्कट पहने हुए शिवराज के हाथों में थाल थमाते हुए पंडित जी ने पूछा—‘‘डिराइवर साहब आए हैं ?’’

‘‘आए होंगे...’’

‘‘तुम्हें नहीं मालूम ?’’

‘‘आखरी मोटर लेके आने वाले थे, आ गई होगी तो आए होंगे...।’’

कहते हुए उसने थाल लिया और नारियों वाले भाग में जा घुसा। जाते-जाते मास्टर की ओर उसने देखा था, आँखें मिलते ही किसी साजिश की परछाई उनमें भर गई थी। बाजामास्टर ने मुस्कराकर भीड़ के एक कोने पर दृष्टिपात किया। अपनी गलती समझकर उसकी गर्दन झुक गई, अंगुलियाँ हारमोनियम के तारों के पिंजर वाले हिस्से में कुछ सुधारने लगीं। शिवराज को औरतों में आरती घुमाते देखकर पाकड़ के नीचे बैठे जवानों के जमघट में कानाफूसी शुरू हुई—‘‘बड़ा हरामी है साला...!’’

‘‘बड़े बुल्ले से रहता है...डिराइवरों का माल खाता है।’’

‘‘जनखा है ससुरा...सरनामसिंह के बल पै कूदता है...।’’

‘‘कोई कह रहा था, सरनामसिंह का रिस्तेदार...।’’

‘‘रिस्तेदार नहीं तो...। वह ठाकुर ये ब्राह्मण, अरे उसने पाल रखा है।’’

‘‘देख...देख...’’ एक ने जल्दी से दूसरे की बाँह पकड़ते हुए दिखाया, ‘‘शान्ती से बात कर रहा है, निकल के इधर आए तो साले की कुटम्मस कर दी जाए।’’

‘‘अच्छा-अच्छा खेल देखो...।’’ एक ने कहा। उधर मंच पर न जाने कब मेघनाद-लक्ष्मण-युद्ध शुरू हो चुका था।

बाजामास्टर और तबलची अपने संगीत से उसके प्रभाव को गहन कर रहे थे। दर्शक उत्सुकता से साँस रोके देख रहे थे कि औरतों वाले हिस्से में कुहराम मच गया। जैसे नीचे से जमीन धसक गई हो। बचत के लिए वे दिशा-ज्ञान भूलकर इधर-उधर भागने लगीं। स्वयंसेवक एकदम भाग पड़े। जनता उठकर खड़ी...। मंच पर सन्नाटा छा गया। मेघनाद मंच से उतरकर घबराए-से उधर भागे। कमेटी के लोग उधर पहुंच गए थे। स्थिति का पता

चलते ही हँसी का फव्वारा फूट पड़ा। और लोगों ने फौरन फाटक की तरफ भी देखा—रंगीले पेड़ से उतरकर अपनी धोती का फेंटा कसते हुए उधर भागा जा रहा था...।

"इसी की बदमाशी है...और कोई नहीं हो सकता...।"

"यह सब तुम्हारा सर चढ़ाया हुआ है सरनामसिंह, नहीं तो मजाल है कोई विघ्न डाल दे इस तरह...।" मंडी के जगदम्बा कह रहे थे।

सरनामसिंह को हँसी आ गई, "दद्दा, तुम भी बस लड़कों की तरह बतियाने लगते हो, वह जब तक कोई बदमाशी नहीं कर लेगा, मानेगा नहीं ...मैं डाँट दूं, पर कोई फायदा नहीं, मनमौजी है ससुरा...।"

तब तक एक स्वयंसेवक अपने पौरुष का प्रदर्शन करते हुए गनगौरी साँप लटकाए सामने आ गया।

"फेंको। उधर...।" हरीचन्द बोले, "औरतों की भीड़ में डाल गया बदमाश। कल से निगाह रखो, घुसने मत दो साले को यहाँ...।"

"अच्छा, अच्छा...सब ठीक हो जाएगा," सरनामसिंह ने कन्धे से लोगों को बैठाते हुए कहा। फिर वहीं से चीख के नाटक वालों से बोले—"शुरू करो...शुरू करो लीला...भूचाल नहीं आया था।" कहते-कहते उसे फिर हँसी आ गई। नई बात तो थी नहीं, न जाने रंगीले कौन-सा नया तमाशा खड़ा कर देता। उसके लिए कोई मुश्किल है ! होली, दिवाली, मेले तमाशों में जब तक यह सब न हो, सूना-सूना लगता है।

"रंगीले तुम्हारी मोटर पर नौकर था, अब नहीं है क्या ?" हरीचन्द पूछे जा रहे थे।

"सेठ के मुकदमे में गवाही देने से इनकार कर गया, फिर कहीं नौकरी चलती है। हमने भी जोर नहीं दिया, नहीं तो गवाही दिलवा देना कोई मुश्किल नहीं था..."

तभी सरनामसिंह की बात काटकर जगदम्बा बोल पड़े—"गुड़ खाय गुलगुले से परहेज। तुम भी ठाकुर साहब बस...वह साला पेशेवर गवाह है, कोई इमान है उसका। पैसे का डौल नहीं होगा सेठ के यहाँ, जिसने चार पैसे से हथेली गरमा दी, उसी तरफ हो गया...।"

ये बातें चल रही थीं कि लक्ष्मण जी को शक्ति लग गई। जनसमूह अवसाद की भावना में डूब गया। चारों ओर नीरवता छा गई। जैसे यह

अप्रत्याशित घटना आज ही हुई हो, सबके लिए नई हो।

लीला के साथ-साथ रामायण बाँचने वाले गुरु जी चुप हो गए थे। रण-संगीत थम चुका था। आसन्न भय और शोक की कालिमा चारों ओर छा गई। तभी उस गहन उदासी और अवसाद से भरे क्षण के बीच पृष्ठभूमि से सूत्रधार की ढाढ़स बंधाती हुई आवाज उभरने लगी...बन्धुओ ! यह कौतुक जानहिं जन सोई, जापर कृपा राम की होई...जगत आधार श्री लक्ष्मण जी मूर्छित होते भए हैं, उनके शक्ति लगी है। पर ये ही स्थल संग्राम की शोभा है। रघुनाथ जी के कौतूहल चरित्तर कौन सांसारिक जान सकै है, परन्तु इस चरित्तर को वो ही जानेगा जिस पर रघुनाथ जी की कृपा होगी...तो सज्जनो ! सन्ध्या होती भई है। सेनाएँ विश्राम के हेतुम लौट जाती भई हैं। महावीर जी गोदी में लक्ष्मण जी को लिए आते हैं। यह दशा देख रघुनाथ जी ने बड़ा दुख माना... ।''

लक्ष्मण जी रामचन्द्र जी की गोद में सिर रखे मूर्छित पड़े थे। जामवंत के बताने पर सुषेण वैद्य को जब हनुमान जी खटिया समेत उठा ले आए, तब कहीं दर्शकों की जान में जान आई। सुषेश वैद्य को सुप्तावस्था में उठा लाने पर पहली हँसी फूट पड़ी मूर्छित लक्ष्मण के अधरों पर। हँसी फूटती देख, पंडित जी ने विंग से निकलकर घुड़कते हुए उन्हें चादर से ढंक दिया।

हनुमान जी बूटी लाने के लिए प्रस्थान कर चुके थे। रात ढलती जा रही थी। राम दल के बानर शोक-संतप्त से चारों ओर घेरे खड़े थे। और जब रामचन्द्र ने रुंधे हुए गले से कहा—"सुत वित नारी भवन परिवारा, होहिं जाहिं जग बारहिं बारा। अस विचारि जिय जागहु ताता, मिलहिं न जगत सहोदर भ्राता।'' तब सुनते-सुनते न जाने कितनों की आँखों के बाँध टूट गए। सिसकियाँ फूट पड़ीं। समस्त जग, चराचर व्याकुल था, शोक सन्तप्त था। हिचकियाँ बँध गईं। सरनामसिंह अपनी आँखों को बार-बार पोंछते जा रहे थे, पर आँसू नहीं थमते थे। पास बैठे लोगों की सिसकियों के बीच हर एक का मन डूबता जा रहा था। कोई ढाढ़स बंधाने वाला नहीं था। जैसे सबके मन में यही था कि सूर्योदय से पूर्व हनुमान जी संजीवनी जड़ी लेकर आ जाएँ...यह अनर्थ न हो। पर समय जैसे उड़ा जा रहा था। सूर्योदय की वेला निकट आती जा रही थी। रामचन्द्र जी व्याकुल आकाश मार्ग की ओर निहार रहे थे। और तब बाजामास्टर का हारमोनियम मन्द स्वर में

गुनगुनाया और रामचन्द्र जी ने विलाप करते-करते ज़रा खंखार कर गया—''आ जाओ कि मूर्छित है लक्ष्मण...अब रात गुजरने वाली है,...अब रात गुजरने वाली है... ।''

भीड़ में से एक हाथ उठा और उस हाथ की धरोहर विंग में खड़े पंडित जी के पास पहुंच गई । एकदम मंच पर आकर पंडित जी ने आभार प्रदर्शन किया—''श्री रामचन्द्र जी के विलाप पर प्रसन्न होकर सेठ बदामीलाल ने भगवान जी के श्रीचरनों में पाँच रुपये अर्पण किए हैं...हम उनका मंडली की ओर से शुक्रिया अदा करते हैं ।'' फिर तो ताँता लग गया । वाकई लक्ष्मण शक्ति वाली लीला ऐसी निकली, जैसी पहले कभी नहीं हुई । भक्तों का समुदाय उदारता से उमड़ पड़ा । मंच पर भक्त समुदाय की भीड़ लग गई, लोग जा-जाकर खुद रुपये देने लगे । जगह कम पड़ी तो तबलची थोड़ा विंग में सरक गए । राम जी की चढ़ौती देखने के लिए मूर्छित लक्ष्मण जी ने चादर सरकाकर देखने भर के लिए मुँह खोल लिया । तब तक एक भक्त ने अपने लिए जगह बनाते हुए विंग का पर्दा उलट दिया तो हनुमान जी बगल में गत्ते का द्रोणागिरि रखे, बड़ी मौज से बीड़ी पीते हुए अपने प्रवेश के इन्तजार में बैठे नजर आए ।

मंच पर भीड़ बढ़ती देख कमेटी के लोगों ने पहुंचकर इन्तजाम अपने हाथ में ले लिया । तभी आरती का थाल लेकर शिवराज भीतर आया । पंडित जी ने चढ़ौती की रकम गिनने का काम शिवराज को सौंपते हुए सरनामसिंह की ओर इस तरह देखा, जैसे उनके लिए शिवराज सबसे महत्त्वपूर्ण है । सरनामसिंह ने पास जाते हुए कहा—''शिवराज, पहले जाके खाना खाओ ...यह सब होता रहेगा । पंडित जी इसे सम्भालिए ।'' कहते हुए उसने शिवराज को बाँह पकड़कर उठा दिया ।

''अभी चले जाएँगे ।'' कहता हुआ शिवराज बाजामास्टर की ओर चला गया । पर्दा गिर चुका था । बाजामास्टर हारमोनियम से उठ चुके थे । वे दोनों नीचे उतरने ही वाले थे कि सरनामसिंह ने ज़रा डाँटते हुए कहा—''ये क्या लड़कपन है ! सीधे जाओ और खाना खाकर घर पहुंचो... ।''

''वहीं जा रहे हैं...मास्टर साहब भी उसी होटल में खाते हैं ।'' शिवराज बोला और दोनों उतर कर चले गए । दर्शक घरों को लौट रहे थे ।

शिवराज और बाजामास्टर पटरी के एक घने पेड़ के अंधियारे में आकर

रुक गए। दूर से आती परछाइयों को उनकी आवाज से पहचानने की कोशिश करते। उनकी बातें रुक जातीं, असम्बद्ध व्यक्तियों के गुजरते ही बातें फिर शुरू हो जातीं, पर सतर्कता और भी बढ़ जाती। बाजामास्टर ने फुसफुसाकर कहा—‘‘आज भी फूल आए थे।’’

‘‘तुम्हारा बाजा कमाल कर देता है। किसी फिल्म कम्पनी में होते तो चमक जाते।’’ शिवराज ने बड़े उत्साह से कहा।

‘‘यहाँ इन लोगों के साथ टिकूँगा !’’ बाजामास्टर ने कहा। निकट आते स्वरों को सुनकर दोनों सतर्क हुए। शिवराज फुसफुसाया—‘‘वही है...।’’ और इस परिचित-अपरिचित ‘वही’ का अनुभव होते ही दोनों ऐसे अलग-अलग से खड़े रह गए, जैसे साथ उगे हुए ताड़ के पेड़, जिनके पत्ते लहराकर भी एक दूसरे को नहीं छू पाते।

औरतों और लड़कियों की वह टोली हंसती-खिलखिलाती आगे बढ़ गई। राह के अंधेरे में दूर जाते हुए स्वर और भी मोहक हो गए। बाजामास्टर बोले—‘‘बाजे के बोल और इस बोल में कितना फरक है ! मन में आता है यह गाना-बजाना सब छोड़ दूं। काठ की आवाज पर तुम रीझ जाते हो...।’’ कहते-कहते बाजामास्टर किसी भीतरी व्यथा से उदास हो आए। शिवराज ने हाथ पकड़ते हुए कहा—‘‘आओ तो, थोड़ी दूर तक...।’’

सड़कों-गलियों के चक्कर काटकर जब दोनों वापस आए, तब सराय के बाहर वाले होटल के महाराज सोने का इन्तजाम कर रहे थे। भुनभुनाते हुए उठे और खाने का इन्तजाम करने लगे।

शिवराज ने बाजामास्टर की ओर टूटी हुए बात का क्रम जोड़ने के लिए देखा। बाजामास्टर ने होटल की बुझती हुई अँगीठी की ओर देखकर कहा—‘‘सबसे बुरा यही लगता है शिवराज की लोग अजीब हिकारत से देखते हैं। आज बड़ी-बड़ी संगीत सभाओं में जाता होता तो कदर और ही होती; लेकिन यह सब अपने बस का नहीं, जब तक यों ही घूमता-फिरता हूँ, तब तक लगता है यह सब बेकार है, न इज्जत न पैसा, न दोस्त न हमदर्द। बाजे से उठते ही दूसरा ही दूसरा आदमी हो जाता हूँ। लेकिन जाने कैसा नशा चढ़ता है बजाते वक्त। फिर कहीं भी बैठा दो। नरक में बैठ सकता हूँ। इन छोटे-छोटे शहरों में घूमते-घूमते जी भर गया। नौटंकी वालों का साथ किया, कितनी ड्रामा कम्पनियों के साथ घूमा, संगीत की ट्यूशनें कीं, पर

कहीं भी कुछ ऐसा नहीं मिला, जिससे मन को सन्तोष मिलता। यार सब बेकार है...''

शिवराज उनका मुँह ताक रहा था, जैसे उसके लिए यह समझ सकना दुष्कर हो।

तभी दो-तीन आदमियों की उधर आती हुई छायाएँ दिखाई दीं। चौराहे की गैस बुझकर काँटे में फँसी निर्जीव मछली की तरह लटक रही थी। सरनामसिंह के साथ सूबेदार और जाकिर मियाँ थे। दोनों दड़े की दलाली और मोटर-अड्डे की रखवाली करते हैं। उन्हें साथ देखकर शिवराज हमेशा की तरह कुढ़ गया।

''कमीशन का हिसाब साफ हो गया। सबको दे दिया...यह तुम्हारे... ।'' कहते हुए सूबेदार ने सौ रुपए के नोट सरनामसिंह के हाथ में थमा दिए। उन्हें अपनी मुर्री में लगाते हुए सरनामसिंह बोला, 'उस कुम्भकरन को तड़के जगा के गाड़ी सफा करवा देना ।''

''पहली से जाना है ?'' सूबेदार ने पूछा।

''क्या कहें सेठ के बच्चे को, रोज ड्यूटी बदलती है, ड्राइवर न हुए कोचवान हो गए, जब चाहा तब जोत दिया। पहली से जाऊँगा, शाम की से वापसी है...भूलना मत ।''

''सबेरे नम्बर खुलना है...तुम्हारे बगैर दद्दा... ।'' सूबेदार ने दड़े के नम्बर की ओर इशारा किया।

''अब खोलना ।'' झुंझलाते हुए सरनामसिंह ने कहा, ''ऐसे मुँह ताकोगे तो हो लिया काम। तुम दो आदमी नहीं सँभाल सकते ।'' फिर शिवराज से बोले, ''चल भई चल, बहुत रात हो गई ।''

सूबेदार और जाकिर मियाँ अड्डे की ओर चले गए। बाजामास्टर कुछ दूर तक साथ आकर मन्दिर की ओर मुड़ गए। सरनामसिंह और शिवराज अब अकेले रह गए तो सरनामसिंह ने कहा—''यह तुम्हारा आधी-आधी रात तक घूमना मुझे पसन्द नहीं...रामलीला जाने से पहले खाना खाओ, खत्म होने पर सीधे घर पहुँचो, दोहरी चाबी है, एक अपने जनेऊ में बाँध के रखो... ।'' कुछ बिगड़ते-बिगड़ते शिवराज की बास्कट देखकर एकदम बात बदलकर—''वह नई वाली किस दिन के लिए है ? मेरी पसन्द की चीज तुम्हें काँटे की तरह काटती है ! ठीक है, पड़ी रहने दो ।'' कहते-कहते सरनामसिंह तरल हो आया।

शिवराज इस तरलता से परिचित था। यह नई भी नहीं। ऐसे क्षणों में वह हमेशा घुटता था। लेकिन वह यह घुटन अकेले में पी जाता था। भूलकर या अपनी रौ में कभी सरनामसिंह किसी अन्य के सामने स्नेह जताने लगता तो शिवराज अपनी पिटी हुई पुंसकता के बावजूद भी फुफकार उठता। अपने को खुद-मुख्तार और निर्बन्ध घोषित करने के रोष में यहाँ तक कह जाता—"मैं अपना देख-समझ लूँगा। तुम अपना देखो।"

सरनामसिंह तब संकुचित हो गया। अपनी गलती को बड़ी चतुराई से दबाकर कहता, "आखिर ब्राह्मण का बेटा है।" और उपस्थित आदमियों को जैसे सफाई देने लगता, " इसके तो पैर तक छूना पुन्न है।"

और शिवराज !

बड़ी-बड़ी बातें फैली थीं उसे लेकर। इस बस्ती का मुँह, शिवराज ने चार साल हुए, गुरु पूर्णिमा से एक महीना पहले देखा था। इन बाजारों में घूमते हुए साधु, संन्यासी, तांत्रिक, योगाभ्यासी देखे होंगे लोगों ने। ऐसे ही एक महात्मा इधर आ गए थे। ईश्वर भक्ति से अधिक वे बस्ती की महत्ता पर बात करते और एक आश्रम बनाने का स्वप्न देखते।

कई बरस पहले उनकी फेरी शाम को होती थी—"बद्रीधाम यात्रा की प्रतिज्ञा है महाराज जी...एक मन आटा, दस सेर घी, बीस सेर चावल और पाँच सौ रुपये का सवाल है भगवान जी। भेजो श्रीकृष्ण जी महाराज !" और इसके बाद उनका घण्टा गलियों में गूंजता रहता। किसी ने उन्हें दान प्राप्त करते नहीं देखा, पर सुना कौल पूरा हो गया और सर्वदानन्द जी बद्रीधाम की यात्रा पर चले गए।

यात्रा पर जाने से पूर्व उन्होंने निवास के लिए सुनसान में, बस्ती से दूर, एक कुटिया छवा ली थी। न जाने कहाँ से तैंतीस कोटि देवताओं में से किसी एक की प्रतिमा भी आ गई थी और पीपल का बिरवा भी उग आया था।

'भगवान की महिमा है। जिस ऊसर पर दूब नहीं होती, वहाँ मूरती के परताप से पीपल जम आया।' लोग कहते।

ऊपरवाले की महिमा फैलती गई और सर्वदानन्द जिले-भर में मशहूर हो गए। भगवान की कृपा वे दोनों हाथ उलीचने लगे कि एक चमत्कार

हो गया। जयकरन मिठाई वाले को बुढ़ापे में पुत्र-लाभ हो गया। चार ब्याह किए उसने, पर वंश नहीं चला। आखिर चौथी से कुल का दीपक चमका। सर्वदानन्द का जगह-जगह बखान होने लगा। और तब से जयकरन की घरवाली तो उन्हें गुरु मानकर दासी हो गई। सर्वदानन्द जी ने सेवा स्वीकार कर ली, यही क्या कम थी ? नहीं तो नारी ! पाप का मूल। लेकिन उस पाप के मूल में ऐसा पानी लगा कि हर साल फूलने-फलने लगी। और सर्वदानन्द जी के आश्रम की नींव पड़ गई। जयकरन भगत हो गए। उनको तो ऐसी लौ लगी कि दुकान नौकर के सुपुर्द कर उन्होंने सिर मुड़ा लिया और आश्रम की इमारत के लिए चन्दा करने निकल पड़े। आखिर आश्रम बनना शुरू हुआ और दस बरस पहले गुरु पूर्णिमा के दिन उत्सव, कीर्तन आदि के साथ विधिवत उद्घाटन हो गया। तब से एक लीक बन गई। हर बरस गुरु पूनो पर सत्संग होने लगा। दूर-दूर के साधु-महात्मा पधारने लगे।

चार बरस पहले बड़ा भारी उत्सव हुआ। सर्वदानन्द जी के चेले गाँव-गाँव बस्ती-बस्ती गए। एक महीना पहले से गुरु पूनो के लिए तैयारी प्रारम्भ हुई। आश्रम में अब तक दस-बीस बाबा और आ चुके थे, और सर्वदानन्द जी की मंडली बन चुकी थी। प्रधान शिष्य थे...आत्मानन्द, जात के ब्राह्मण। बाकी चार जात के हलवाई थे...गुणानन्द, ज्ञानानन्द, वेदानन्द और शिवानन्द।

गुरु पूनो का आयोजन शुरू हुआ। चार-पाँच महीने पहले आयोजन और भंडारे का इन्तजाम करने के लिए साधु जिले-भर में टिड्डी की तरह फैल गए। भक्तों ने अपने आवारा लड़के आश्रम को अर्पित करते हुए उनके सुपुर्द कर दिए। पर शिवराज की बात दूसरी थी। उसके पिता उस समय जीवित थे। उन्होंने गुणानन्द जी के चरणों में बालक को अर्पित करते हुए बड़े दीन भाव से कहा था—''आज आपके सिरी चरनों में ही इसका उद्धार है। हम पातकियों के घर में इसका विकास कैसे होगा महाराज ! इसे अपने चरनों में सरन देकर विद्या दान दें...संस्कृत पढ़ जाए, वेद शास्त्र....।''

शिवराज तब तेरह बरस का था। अपने पर्यटन से लौटते हुए स्वामी जी उसे साथ लेते आए थे। तीन-चार लड़के और भी थे, जो सब निर्बोध हिरनों की तरह एक-दूसरे को चकित भाव से देख रहे थे...।

आश्रम पहुंचकर शिवराज को अन्य अनेक साथी मिले जो और साधुओं

के साथ आए थे। ब्रह्मचारी व्रत के लिए करीब तीस किशोरों की जमात जमा हुई, महीना-भर पहले से अन्न-त्याग हुआ और लड़कों को नियमावली दे दी गई।

शिवराज का नया जीवन आरम्भ हुआ। सिर मुड़ाकर चोटी रखा दी गई, पैरों मे खड़ाऊँ और शरीर पर पीत अचला। नासिका से लेकर मस्तक तक शिव तिलक और महीने-भर का मौन।

रामायण की महिमा अपार है। गूंगे का साधन बन गई। कोई आवश्यकता होती तो केवल रामायण की चौपाई से व्यक्त की जाती। मौन खंडित होने का दण्ड था। गायत्री मन्त्र का मन ही मन बीस बार जाप। सचमुच ऐसी आराम की जिन्दगी की कल्पना उन बालकों को न थी। अधिकांश ब्राह्मणों के बेटे थे। ब्राह्म मुहूर्त में उठकर भगवद्-स्मरण, सूर्य-नमस्कार, मध्याह्न में भागवत-गीता पाठ और सन्ध्या समय उच्चरित कीर्तन। रोज कीर्तन होता था। कीर्तन के समय ब्रह्मचारी सबसे आगे बैठे थे, उनके पीछे भक्तों का समुदाय था। मृदंग और हारमोनियम पर कीर्तन हो रहा था। कीर्तन पूरे जोर पर था। स्वामी ज्ञानानन्द रस-विभोर होकर प्रतिमा के सामने नाचने लगे और इधर रंगीले ऐसा लवलीन हुआ कि गश खाकर चित्त हो गया...। झूमते हुए लोगों ने देखा, कीर्तन थम गया और भीड़ एकदम झुक पड़ी—''भगवान की अनुकम्पा हुई है : कुपढ़ा है तो क्या, प्रेम तो सबके मन में एक जैसा है।'' एक भक्त ने बेहोश रंगीले के मस्तक पर भगवान की चरण-रज लगाते हुए कहा—''ऐसे में पंछी उड़कर स्वर्गलोक को जाता है...गणिका, अजामिल के वृत्तान्त सामने हैं। कौन ऐसी मृत्यु नहीं चाहेगा ?''

स्वामी जी को खबर हो गई। ''हरे राम, हरे कृष्ण'', जपते हुए स्वामी जी अपनी कुटिया से निकलकर आए। रंगीले को चित्त देखकर विह्वल हो गए। आँखों में अश्रु छलक आए। गद्गद कंठ से बाँहें पसारते हुए बुदबुदाए—''हे प्रभु ! तेरी माया अपरम्पार है।'' और रंगीले को जैसे अपने से बड़ा स्वीकार करते हुए बोले—''यही समाधि की प्रथमावस्था है।''

जो ब्रह्मचारी छींटे देने के लिए पानी लाया था, वह शिवराज था। सरनामसिंह ने उसके हाथ से लोटा लेकर झाड़-फूँक करने वाले की तरह मुँह पर छींटे दिए। एक लोटा पानी पड़ गया, पर रंगीले की दाँती नहीं खुली। कुछ और उपचार के बाद उसने आँखें खोलीं और सामने खड़े शिवराज

की ओर एक क्षण देखकर टांगें पकड़कर पैरों पर लोटने लगा—‘‘यही रूप है...हाय...हाय।’’

‘‘ब्रह्मचारी के रूप में भगवान का रूप देख रहा है।’’ सरनामसिंह ने कहा और रंगीले को संभालने लगा। सब आश्चर्यचकित से देख रहे थे। रंगीले शिवराज के पैर छोड़ता ही नहीं था—‘‘सरन दो...इन चरनों में सरन दो...मुक्त करो...।’’ शिवराज घबराया-सा पैर छुड़ाने की कोशिश कर रहा था। कई मिनट बाद रंगीले संसार में लौटा।

‘बिल्कुल यही रूप था।’ आधी रात को मोटरवालों के संग लौटते हुए शिवराज की ओर इशारा करके रंगीले अपनी अवस्था का वर्णन कर रहा था—‘‘हाथों में धनुष-बान, सर पर मुकुट। न जाने कैसा तेज फूट रहा था। आँखें मुँद गईं...चारों ओर वही रूप, वही छवि...सच्ची दृददा !’’ सरनामसिंह की बाँह पकड़ते हुए उसने समझाया—‘‘सन्नाटा छा गया। भीतर रोशनी जग गई...साक्षात भगवान खड़े थे सामने। फिर नहीं मालूम क्या हुआ...बड़ा जुल्म किया तुमने, राम कसम...बेहोशी नहीं थी...।’’

उस रोज से ब्रह्मचारियों में शिवराज की और भक्तों में रंगीले की प्रतिष्ठा बढ़ गई। दोनों में भगवान का ‘अंस’ प्रवेश कर गया था ...काया पवित्र हो गई भाई ! रंगीले निकलता तो लोग जबरदस्ती रोककर बैठा लेते। घंटों उससे बातें करते और उसका प्रवचन सुनते—‘‘इसी तरह सुभाष बाबू के मन में भारत माता पैठ गई थीं। वैसे वे विक्टोरिया को बहुत चाहते थे, परमाता को माता ! भेष बदलना पड़ा उन्हें, वन-वन घूमे और जाके अलख जगाई। इसी से आजादी मिली। उन्हीं के परताप से गाँधी बाबा और नेहरूजी ने बागडोर संभाली।’’ फिर भंगेड़ियों की तरह आँखें चढ़ाकर शून्य में देखते हुए कहा—‘‘हमें भी भेष बदलना है, वन-वन घूमकर अलख जगाना है...।’’

‘‘काहे के लिए रंगीले बाबा।’’ पनवाड़ी पूछ लेता।

जवाब न देकर रंगीले मुस्कराता हुआ उठ जाता। सरनामसिंह के पास जाकर कुछ उगाहता और फल-फलारी लेकर आश्रम की ओर मुँह करता। ब्रह्मचारी शिवराज के लिए रंगीले रोज कुछ न कुछ लेकर जाता। आश्रम के ब्रह्मचारी ऐसे दान को स्वीकार करते थे।

तीन-चार रोज शिवराज रंगीले का फलाहार स्वीकार करके स्वयं भंडारे

में दे आता था, पर बाद में उसे कुछ खलने लगा। रंगीले उसे अपने पास बैठा लेता, तरह-तरह की बातें करता—''तुम्हारे हाथ कित्ते मुलायम हैं ! धन्य हैं तुम्हारे माँ-बाप। भइयन, कभी चला करो शहर घुमा लाया करें,'' पर मौन व्रत के कारण शिवराज 'हाँ-हूँ' में उत्तर देता। एक रोज किसी ब्रह्मचारी ने स्वामी जी से शिवराज की शिकायत कर दी—''ये मौन व्रत का पालन नहीं करता।'' तभी से शिवराज कतराने लगा।

गाड़ी शाम तक वापस आ जाती थी और वैसे भी इन रास्तों पर रात में सवारियों के माल-असबाब से भरी लारियाँ लाना कम खतरनाक न था। न जाने कब लुट जाएँ। उस रोज सरनामसिंह एटा के बाजार से गेरुआ सिल्क की धोती खरीद लाया, रंगीले को देते हुए बोला—''सुन, उस ब्रह्मचारी के लिए है। कैसा कोमल लड़का है, किसी अच्छे घराने का मालूम पड़ता है !''

एकाएक शिवराज की ओर सरनाम सिंह को आकर्षित होते देख रंगीले ने आँखें फाड़कर देखा। गुरु पूनो पर ब्रह्मचारियों का मौनव्रत टूटने के बाद रंगीले का समय अधिकरतर वहीं बीतने लगा। उसे भेष बदलने की धुन थी।

एक रोज सहसा दोपहर वाली लारी पर शिवराज को आया देख सरनामसिंह देखता रह गया। लारी छूटने में देर थी। अड्डे पर खामोशी छाई थी। इमली की घनी छाँह के नीचे ड्राइवर और अन्य कर्मचारी टाँगें फैलाए पड़े थे। सूबेदार ने शिवराज को देखकर सरनामसिंह को निशाना बनाते हुए कुछ मजाक कर दिया। जाकिर मियाँ खिलखिलाकर हँस पड़े। बोले—''इधर बुला ला बिरम्भचारी को... ।''

''ऐ मियाँ, गड़बड़ मत मचाओ, सुनने दो। हाँ सिंह जी, दूसरी तान छिड़े ।''

''उधर जाओ खटिया पर... ।'' सरनामसिंह ने कहा और खुद अपना बैंजो उठाकर उधर चला गया। सारे लोग उठकर खटिया के इर्द-गिर्द जमा हो गए। टूटे हुए ब्लेड के टुकड़े से सरनामसिंह ने बैंजो के तारों पर एक इशारा किया। एक ध्वनि झनझनाती हुई बिखर गई।

इमली के नन्हें-नन्हें फूल अलसाए से झर रहे थे।

छप्पर पड़े मोटर अड्डे के दफ्तर से टिकिटों का हिसाब करते हुए दो-तीन

व्यक्ति निकले और आकर खड़े हो गए। लाल रंगी हुई लारी नम्बर पर लगी हुई है। चार-पाँच सवारियाँ उसकी खिड़कियों से सिर टिकाए ऊंघ रही हैं। तीन तहसीलों में जाने के लिए सवारियों को यहीं आना है। मील-भर दूर से कंकड़ की सड़क पर लोहे की हाल चढ़े इक्के के पहियों की खड़खड़ाहट गूंजने लगती। यह आवाज सूबेदार को सतर्क कर देती है। जितनी सवारियाँ उतना कमीशन। पर इस वक्त सब खामोश हैं। सड़कों पर धुएँ की तरह धूल के बादल घहरा रहे हैं।

अड्डा शहर के छोर पर था, फरलांग-भर बाद शमशान फैला पड़ा था और उसके बाद झुके हुए नीमों की दोहरी कतार के बीच यह लम्बी सड़क चली गई थी। चुंगी पार करते ही बस्ती की सीमा समाप्त हो जाती। यह सड़क ही रीढ़ थी, जिसमें पसलियों की तरह सत्तावन गलियाँ इधर-उधर से आकर मिलती थीं। बड़े शहरों को मिलानेवाली यह चौड़ी सड़क, जिसके दोनों ओर यह छोटी-सी बस्ती बस गई थी...मील-भर की लम्बाई और उतनी ही चौड़ाई। उत्तर-पश्चिम से दक्खिन-पूरब की ओर रुख था इसका। पश्चिम सिरे पर ज्यादातर वकील-मुख्तार और जमींदारों के मकान थे, पूरब की ओर छोटी जाति और छोटे व्यापारियों, काम-धन्धे वालों का बोलबाला था। आबादी बढ़ने के साथ-साथ अड्डा निरन्तर पूरब की ओर खिसकता जाता। ये मोटर वाले ठीक इसी तरह बर्दाश्त किए जाते थे, जैसे घरों में अपने आप जड़ें फोड़ लेने वाला पीपल का पेड़।

"उखाड़े कौन...सर पर सनीचर सवार है जो घर बैठे विपत मोल ले लें। लेकिन घर में रखें भी कौन...चुड़ैलों का डेरा।"

जैसे पीपल वाले भुतहे मकान वीरान हो जाते, वैसे ही अड्डे के आस-पास का हिस्सा हमेशा वीरान रहता। मोटर वाले पैदाइशी बदमाश होते हैं साहब। चोर, डकैत, पियक्कड़, फर्रास...जालिम, बेरहम लोग...।

पर उस बैंजो से न जाने कैसा मीठा, उदास राग फूट पड़ा। किसी के जुल्म से कराहते हुए उसके तार कंपकंपाकर थक जाते, फिर उस पैने ब्लेड के टुकड़े का स्पर्श उन तारों का अनवरत झनझनाता जाता और वे बेरहम उँगलियाँ कोमल पगों की तरह, लय के साथ उन कीलों पर नाचने लगतीं।

कच्चे मकान की बाँसवाली खिड़की पर पड़े हुए टाट के पर्दे से एक

चेहरा झाँकता और झुँझलाकर सिर भीतर कर लेता। सरनाम बैंजो की कीलों पर से निगाह हटाकर इमली के झरते हुए फलों की ओर देखकर गुनगुनाता—

''नदिया के ईरे-तीरे दुय घन रुखवा एक रे महुलिया एक आम रे।

नगर अजोध्या में दुय वर सुन्दर इक लछमन इक राम रे।''

बैंजो का झनझनाता स्वर और भरी हुई साँस की आवाज़...

''बेर-बेर बेटा तोकों मैं बरजौं वृन्दावन मति जाउ रे।

उतैं वृन्दावन बाघ-बघनियाँ जा देस में कामिनि तुम्हार रे।''

बैठे लोगों के सिर झूमने लगते, और अपने में डूबा सरनाम पागलों की तरह तार झनझनाता हुआ ऊंची हुँकार में गाता—

'' देउ न मोरी मैया ढाल तरवरिया वाहि वृन्दावन जाऊँ रे

बधवा कौ मारौं औ लावौं आनी कामिनियाँ बचाय रे।''

और टाट के पीछे खड़ी कुढ़ती हुई बंसिरी सोचती—''मुझे सुनाता है। बड़ा जुझारू बना है। शराबी-कबाबी; डरपोक।'' अपने पर दृष्टि दौड़ाती—''इस तन पर पड़े हुए इतने दाग, इतने घाटों का पानी और यह मन की जलन, कहाँ ले जाएगी तुझे ! यह हाय तुझे राख करके छोड़ेगी। यह हाय न होती तो तू आज फलता। किसी कच्चे घर के आँगन में बैठकर गाता, कोई सुनता। इमली के सूखे फूल नहीं, काजल लगी आँखों से रसधार झरती ! धूल के उड़ते हुए बवण्डर नहीं, गोबर लिपि ठंडी धरती होती...महावर रंगे पैर होते और लिखना से भरी ऐपन की दीवारें। हर तीज-त्यौहार होता, रास-रंग होता। जीने, मरने वाला कोई साथ होता। पर तू अकेला मरेगा...अनजाने आदमियों के बीच। किसे अपना कहेगा ? किसी दिन मोटर में बैठा-बैठा मर जाएगा, कोई पेट्रोल छिड़ककर जला देगा या भागते-भागते किसी घहराती नदी में घड़ियाल, कछुओं के बीच फेंक आएगा। यही होगा तेरे साथ। एक दिन मैं सुनूंगी। तेरी खबर मुझ तक आएगी सरनाम ! उस दिन घी के दीए जलाकर रात-भर दिवाली मनाऊँगी। तेरी उस दिन की खुशी ...कोड़ियों की तरह चमकती हुई आँखें भूल नहीं पातीं। कितना बड़ा एहसान किया था मुझ पर। शरम नहीं आई थी कहते हुए—'सौदा खतम। मगन मिस्त्री नहीं ले सकता इस औरत को।' औरत को ! किधर से औरत थी मैं तेरे लिए ! औरत समझकर अहसान कर रहा था। तेरी मैं कोई नहीं थी। बाजारू समझा था। 'जब तक ये रुपया पूरा नहीं चुका देगा, तब तक तू रख इसे।'' कहते

हुए तेरी जीभ नहीं गिर गई ।...ढाल-तलवार माँगता है...कामिनी को बचाएगा
...मेहरा ।''

बाँसरी की आँखें क्रोध से जलते-जलते न जाने क्यों रुआँसी हो गईं
...जैसे आँख और धुएँ के बीच झिलझिलाती हुई तरल-सी चिकनी लहरियाँ ।
जलती हुई लकड़ी से सुनसुना कर बची हुई एकाध रस-बूँद किसी रेशे से
छलछलाकर निकल आई। तप्त रस-बूँद, जिसे आग की जलन क्षण-भर में
सोख लेती है...सचमुच सब तेरे कारन हुआ...तू, सरनाम तू। सरनाम...सरदार
...सरताज...किसने रखा था नाम तेरा ? ''पर केवल एक क्षण...तेरा ये ताज
जिस दिन गिरेगा, उसी दिन को देखने के लिए जिन्दा हूँ। औरत कहता
है न मुझे। तेरे कारन औरत हुई...नहीं तो किसी की घरवाली होकर चैन
से मर जाती। तू अपनी समझ से घरवाली बनाया है, पर तेरे लिए औरत
रहूँगी। औरत !''

दूर स्टेशन से आती सड़क पर इक्कों के पहिए गड़गड़ा उठे। सूबेदार
उड़ती धूल के पार ताककर चीखने लगा। हाथ में लिए मोटर के भोंपू को
बीच-बीच मे भों-भों बजा देता। उसे सुनकर छूटती हुई लारी के लिए मरियल
घोड़ों की पीठ पर सड़ासड़ चाबुक चिपकने लगते और खड़र...खड़...खड़र
...खड़ करते भागते हुए इक्कों पर हिचकोले खाती सवारियाँ डर की मारी,
रक्षा के लिए पीछे मुँह घुमा लेतीं। फेन से सने मुँह और लगाम चबाते हुए
घोड़े जब रुकते, तब पता चलता—पीछे बंधा टीन का बक्सा रास्ते में गिर
गया या गोने का घड़ा दोंची में भट्ट से टूट गया।

अड्डे पर हँगामा मच गया। पीछे आते हुए इक्केवान चाबुक की डंडी
पहिए में घुसेड़े किड़र...किड़र...करते, अपने आगमन की सूचना देते भागते
आ रहे हैं—''सन्नाम सिंह डिलाइवर की लारी घड़ी देखके छूट जाती है।
...फौज का डिलाइवर रहा है सन्नामसिंह। मोटर चलाएगा तोफान मेल
की तरह, पर मजाल है एक पिल्ला तक दब जाए...टकराने की तो बात
दूर रही...।''

''काहे असगुनिया बोल बोलते हो भाई।''

पर सगुन, असगुन से दूर सरनाम का मन जब उचाट हो जाता, तब उसे
लगता, कहीं कुछ हो न जाए। कौन जाने हाथ न सधे और किसी पेड़...
पुलिया या पुल से...लड़ाई में किन-किन जगहों पर नहीं दौड़ाई मोटर...मौत

के मुँह में जा-जाकर निकल आया, पर ऐसा तो कभी नहीं लगा। जब मन उचाट होता है, तब यह बैंजो और कोई बहुत ही बेहूदा-सा गीत। लेकिन यह बैंजो और भी तोड़ देता है। उसका मन तब कहीं नहीं लगता। भरती हुई सवारियों पर एक निगाह डालकर वह सूबेदार से पूछता—"चौकस!" और उत्तर की परवाह किए बगैर छप्परवाली कोठरी में घुस जाता। मोटरों की फटी हुई गद्दियों के नारियल वाले ढेर में हाथ डाला। एक बोतल हाथ में आई। गट-गट...एक-दो-तीन-चार दस-ग्यारह-बारह घूंट। और अपने दांतों को चूसता हुआ वह अपनी सीट पर आ गया। सूबेदार घड़ी देखकर बोला—"बीस मिन्ट हैं।"

जैसे एकाएक सरनाम को ख्याल आया। उतरकर शिवराज के पास पहुँचा, पूछा—"चल रहे हो पंडित !

"हाँ, गाँव तक जाना है...।"

"आगे की सीट पर बैठ जाओ...," फिर सूबेदार से बोला, "एक ड्योढ़े का काटना।" कहकर खुद शिवराज की बाँह पकड़कर लाया और खिड़की खोलकर अपने बराबर वाली सीट पर बैठा लिया।

मोटर ठीक समय पर छूट गई। सरनाम की बाँहें शिथिल थीं आज। जब भी वह बैंजो बजाता है, तब बाद में ऐसा अहसास होता है, पर शिवराज की उपस्थिति जैसे उसे प्रकृतिस्थ किए थीं। पूछा, "अरमसराय उतरोगे, जा क्यों रहे हो ?"

'पिताजी की तबीयत खराब है, अरमसराय उतरकर नौ मील दक्खिन जाना है।" शिवराज ने कहा।

"और कौन-कौन है घर पर ?" सरनाम ने फिर पूछा।

"बस पिताजी हैं, दो सौतेले भाई अलग रहते हैं।"

"और माँ ?"

"नहीं हैं।"

शिवराज को उदास देख वह चुप हो गया। उसके चेहरे पर अभी रेखें फूट रही थीं। गालों पर रेशम-से रोएं थे। आँखों में शरारत-भरी चपलता की चमक और होंठों पर निर्बोध होने की परछाई। मोटर में पहली बार इस तरह बैठा था। अरमसराय में बजार का दिन था। मवेशियों का बाजार। शिवराज को गाँव के एकाध लोग मिल गए और वह उतरकर चला गया।

''आना तो मिलना...वापस आओगे ?'' सरनाम ने पूछा।

''पता नहीं...अच्छा ड्राइवर साहब नमस्ते।'' और वह बाजार की भीड़ में खो गया। सरनाम उसे जाते हुए देखता रहा।

क्लीनर ने हैंडिल मारा और लारी बढ़ गई।

अपने पिता की मृत्यु के बाद शिवराज एक टीन का बक्सा लेकर वापस आश्रम लौट आया था। आश्रम में वह बदले हुए व्यवहार का अनुभव कर रहा था। यह आश्रम अब उसके लिए अनाथालय-सा हो गया। स्वामी जी की पुचकार और स्नेह चुक गया। अब घर से दान-दक्षिणा जो नहीं आती ! पहली बार पिताजी दो बोरी गेहूँ, एक बोरी गुड़ पहुंचा गए थे। एकाध कपड़े बनवा गए थे, लेकिन यह सब अब कहाँ ? रात में बाहर चबूतरे पर लेटता तो आकाश का सूनापन देखकर रुलाई आती।

गाँव का खुला-खेला किशोर...अब आश्रम में दिन-भर काम करते-करते थक जाता। रात में स्वामी जी के पैर दबाने की 'ड्यूटी' उसी की थी।

एक रोज वह बाजार में निकल गया। पर जाए भी कहाँ, कोई पहचानता भी नहीं। बहुत देर इधर-उधर घूमता-घामता, फिर मोटर अड्डे की तरफ चला गया...कुछ देर बैठकर लौट जाएगा। सरनामसिंह को देखते ही उसे बल मिल गया। शतरंज की बिछी हुई बिसात पर सरनाम झुका हुआ था। उसने पास जाते हुए कहा, ''डिराइवर साहब, नमस्ते।''

सरनाम उसे देखकर अवाक् रह गया। कहाँ तीन महीने पहले का शिवराज और कहाँ यह—''पिताजी नहीं रहे क्या ?''

पीड़ा से भरी शिवराज की आँखें छलछला आईं। सरनाम बिसात छोड़कर उठ बैठा। शिवराज को लेकर छप्पर में चला गया। कुछ देर बाद एक बड़े ब्रह्मचारी के साथ शिवराज के दो-तीन साथी उसे खोजते हुए उधर पहुंच गए। मोटरवालों के साथ शिवराज को बैठा देखकर उनकी भौंहें टेढ़ी हो गईं।

''अच्छा यहाँ जमे हैं !'' व्यंग्य से उन्होंने कहा, जिसमें सरनाम के लिए प्रकट अपमान का स्वर था। शिवराज एक क्षण के लिए स्तब्ध रह गया। सरनाम ने ब्रह्मचारी जी को गहरी निगाहों से घूरा। तब तक ब्रह्मचारी जी फिर बोल पड़े—''यहाँ क्या हो रहा है ?'' क्षण भर पहले के भयातुर शिवराज में अपना ग्रामीण स्वातन्त्र फूट पड़ा—''बैठे हैं।'' सरनाम ने शान्ति की साँस

ली और उसे साहस देने के लिए दृष्टि मिलाई।

''आश्रम चलो, स्वामी जी की आज्ञा है, जहाँ मिले पकड़ लाओ। खोजते-खोजते परेशान हो गए...।''

''मैं नहीं जाऊंगा आश्रम...'' सुनकर सरनामसिंह हँस पड़ा। ब्रह्मचारी कुंठित हो गए और अपने चेलों को भेड़ों की तरह हाँकते हुए बोले—''चलो ...तुम लोग चलो। नहीं जाएगा न जाए, चल के स्वामी जी से...।'' और न जाने क्या-क्या बड़बड़ाते हुए वे चले गए।

उस रोज शिवराज सरनाम के संग ही रहा। लारी पर उसके साथ गया और दूसरे दिन साथ ही आकर उसके घर रुक गया। छोटी-सी बस्ती में बात फैल गई—सरनामसिंह ड्राइवर ने आश्रम के एक लड़के को बरगला लिया। आश्रम छुड़वा दिया...।

''सरनामसिंह में यह गुन भी है ?''

''शराबी-कबाबियों में कौन-से गुन नहीं होते। फाँस लिया उस छोकरे को। बताओ, आश्रम का लड़का...जिन्दगी खराब करके छोड़ेगा।''

''वह रंगीले उसके पीछे बहुत दिनों से पड़ा था...।''

''जेबें कतरवाएगा...बाद में गिरोह में शामिल कर लेगा।''

''सुना लड़का भी लफँगा है।''

''नहीं-नहीं, ब्राह्मन का बेटा है...।''

और तब से शिवराज वापस आश्रम नहीं गया। कुछ दिनों सरनाम के घर के बाहर वाले कमरे में रहा, फिर उसके घर और जीवन का अंग बन गया। पर धर्ममंडली की कोप-दृष्टि सरनाम पर टिक गई। आध्यात्मिक जीवन जीने वाले धर्मपुरुषों ने बड़ा सांसारिक प्रचार किया, पर सरनाम अपने में मस्त था। जब कभी बात आती तो स्वामियों के कच्चे चिट्ठे खोलने लगता। इस प्रश्न को लेकर फक्कड़ों और पुजारियों में खासी अनबन और दुश्मनी हो गई। यह दुश्मनी पिछले चार सालों से चली आ रही थी।

सुबह शिवराज की आँखें खुलीं तो देखा सरनामसिंह उसी की चारपाई पर पड़ा है और उसका एक हाथ उसके सीने पर है। यह कोई नई बात नहीं थी। उसे अभ्यास हो जाना चाहिए था। चार साल गुजर गए इसी वातावरण में रहते। पहले बेहद उलझन होती थी...सरनामसिंह कहता—''तुम्हें देखकर मुझे अपनी जवानी याद आ जाती है...बस यही समझ लो, जो तुम

आज हो, वही मैं सोलह साल पहले था। यही तेजी, यही तेवर और यही मासूमियत। तुम्हें देखकर अपने उन दिनों की याद कर लेता हूँ।'' ठंडी साँस खींचकर कहता—''कहाँ अब लौट आएँगे गुज़रे हुए दिन।'' उसका हाथ अपने हाथों में लेकर बड़ी हसरत से नाखूनों को देखता, पोरों को दबाता, बाँह पर एक उँगली फेर फेरकर रोओं को कोमलता से छूता, फिर जैसे स्वप्न टूटने की तरह एकदम चौंक जाता—''भाग जाओ मेरे सामने से।''

कभी सरनाम उसे बदहवास की तरह बाँहों में दबोच लेता। उसके बालों में अपना मुंह गुड़ाकर लम्बी साँसें खींचता। ठोड़ी उठाकर कहता—''मेरी तरफ देखो।'' असहाय पक्षी की तरह शिवराज ताकने लगता और उसका शरीर पकड़ से छूटने के लिए कसमसाता। अपने को ढीला करते हुए सरनामसिंह कहता—''शिब ! पिछले जन्म में तू मेरा कौन था ? एक दफा अम्मा को ऐसे ही पकड़ लिया, साँस फूल आई। गुस्से में एक तमाचा जड़ बैठीं। फिर प्यार करते-करते रो आईं...'' और वह इस तरह ख्यालों में डूबता, जैसे उसकी माँ उसे कहीं दिखाई पड़ रही हो।

शिवराज का एक क्षण पहले ग्लानि से भरा हुआ मन तरल हो आता। इसी तरह अपने सब बिछुड़े हुए साथी-संगियों की भाव-भंगिमाएँ, रूप, हाव-भाव और चेष्टाएं वह जब-तब शिवराज में देखा करता। कभी उसके बैठने में उसे अपने किसी साथी का साम्य दिखाई पड़ता, जिसे वह बहुत चाहता रहा था। या उसके पहन-ओढ़ लेने पर उसकी आँखों में अपने यौवन की तसवीर खिंच जाती, जिसे एक बार फिर महसूस करने के लिए वह शिवराज की दोनों बाँहें पकड़कर अपने सामने घुमा लेता। अपनी प्रत्येक चेष्टा का औचित्य या उससे सम्बन्धित भावानुभूति और उसकी पवित्रता का बोध वह शिवराज को अवश्य करा देता। इसके साथ ही सारी सुविधाएं, शौक और फैशन की समस्त वस्तुएं उसके लिए उपलब्ध रहतीं। शिवराज को फलानी चीज की जरूरत है, यह मालूम-भर हो जाए, दूसरे दिन वह चीज सामने होती।

और शिवराज इसी सोच में पड़ा रह जाता कि आखिर यह स्नेह, यह प्यार कैसा होता है, इसमें दुर्गन्ध क्यों आती है ? इसकी सीमा कहाँ तक है। किस बिन्दु के बाद यह सड़ने लगता है। वह कहाँ तक इसे स्वीकार करे, कौन-सी सीमा बना ले। यह सब रोज बनकर टूट-फूट जाता है।

धीरे से हाथ खिसकाकर वह उठा और भीतर चला गया। अभी उजेला अच्छी तरह फैला नहीं था। तीन दिन पहले की बातें उसे कुरेदने लगीं। सुबह उठकर उसका पहला काम यही होता था...उन पत्रों को उलटना-पलटना जो हेम उसे भेजती थी। एक-एक पंक्ति को बार-बार पढ़ना और समझना। किताबों के पीछे से उसने हेम का पत्र निकाला, विशेषतः वे लाइनें...

परम पूज्यनीय,

नमस्कार।

परचा आपका शन्नो से मिला। समाचार ज्ञात हुए। आपने मुझे बहुत ही लज्जित और दुःखी किया, यह लिखकर कि मैं लोफर और आवारा हूँ। प्राणधन अगर आप लोफर होते तो आपके इतने पुरुष पीछे न फिरते, अपनी लड़कियों के रिस्ते को। लोफर आप जानते नहीं कौन हैं, हरी, ओम, दयानाथ आदि ही लोफर हैं। प्राणधन, अब से कभी न लिखना, वरना न जाने हेम को इस बात से कितना दुख पहुँचे। कल मैं और अम्माँ मास्टर साहब के यहाँ गए थे। आप अपने कमरे में थे। मैंने देख लिया था पर आपने नहीं देखा था। कल रात एक बड़ी वैसी बात हो गई...हाथ की मोमबत्ती गुलदस्ते में लग गई ...और वह पतंगा अपना प्रचण्ड रूप धारण कर मेरी सब आशाओं पर पानी फेर गया, आपका वो गुलाबी रूमाल वहीं रखा था, वह भी जल गया। उसे बचाने के लिए मैं हाथ से आग बुझाने लगी। हाथ में लपटें लग गईं, और धोती में आग लगने से बच गई। पर रूमाल नहीं बचा, अचानक मेरे मुंह से निकला—

क्या मिल गया भगवान मेरे दिल को दुखा के।

अरमानों की नगरी में मेरी आग लगाके...

मत पत्रों से दिल तोड़ ओ जीवन बनाने वाले

क्यों तोड़ते हो दिल को ओ प्रेम बढ़ाने वाले।

तू (आप) दिल से मिलाता दिल के तार चला चल

हेम के प्रेम के बन्धन में बना हार चला चल।

तुम्हारी दासी—हेम।

पैरों की आहट सुनकर शिवराज ने एकदम परचा मोड़कर किताबों के पीछे डाल दिया। वह बन्सिरी के यहाँ जाने के लिए कपड़े भी पहन चुका

था, सरनाम ने देखा तो कुढ़ गया—''सुबह हुई नहीं कि तुम्हारा पैर निकला। दो-चार घंटा घर में भी बैठा करो...जानते नहीं हो किस तरह की औरत है।''

हमेशा की तरह वह चुपचाप सुनता रहा। सरनाम के कुछ डाँटते हुए कहा—''दूध पीकर जाना और लारी छूटने से पहले मेरा खाना भिजवा देना।''

''मैं अभी होटल की तरफ नहीं जाऊँगा।'' शिवराज बोला और अपने बालों में लहरे बनाने लगा, जो हेम को बहुत पसन्द थीं। तभी बाहर से पुकारने की आवाज आई। पहचान कर सरनामसिंह ने भीतर बुला लिया। दोनों एक दूसरे को देखकर आँखों-आँखों में मुस्कराए, आने वाला मंगल था, बोला—''पुरी बँट गई। मंगलवार का सिद्ध, सोमवार की चाला...''

''कुर्रावाला पासी है ?''

''है, दो और, सब कुल ग्यारह,'' मंगल बोला।

''कित्ते लैसन्स हैं गाँव में।''

''दो, जिनमें एक बाहर है।''

बातें सुनकर शिवराज अटककर काम करने लगा। आने की जल्दी नहीं रह गई। तीसरे-चौथे महीने इस तरह की बातों की भनक उसके कान में पड़ती थी और वह सब जानता था। उनकी भाषा समझता था, लेकिन हर बार उसके कान खड़े हो जाते, पता नहीं इस बार क्या हो जाए ? कैसी बीते। सरनाम ने शिवराज को टरकाना चाहा—''अड्डे पर जाकर कह आओ, अभी आ रहा हूँ...बखत का ख्याल है, गाड़ी भर लें।

शिवराज अड्डे की ओर चला गया।

''हथियार करारे किराए पर मिले हैं। इत्ता रुपया कहाँ था ? पेशगी की माँग थी, देना पड़ा।'' मंगल ने कहा।

''सब हो जाएगा, इस बार चुनाव पर अपने लैसन्स लिए जाएँ, जो लैसन्स दिलवाएगा सो वोट पाएगा।'' सरनाम ने आगे की बात कही।

''एक बात है ठाकुर,'' कानाफूसी के अन्दाज में मंगल ने सरनाम से कहा, ''किसी तरह बनवारी धानुक को फँसवा दो, जब से एमेले हुआ है, दिमाग नहीं मिलता, तीन सौ पर दी है इस बार...''

''किराए के कितने हथियार हैं ?''

''तीन, दो पुराने वालों के, एक दुनाली बनवारी धानुक की...''

''चलते वक्त वहीं छोड़ दो दुनाली, अपने आप फँस जाएगा ससुरा ...फिर देख लिया जाएगा आगे, पता लगते ही रपट करेगा कि मेरी लैसन्स की बन्दूक चोरी हो गई, चक्कर में तो आ ही जाएगा ।'' सरनाम की इस बात पर सर हिलाते हुए मंगल ने बात दूसरी तरफ मोड़ दी ...''बोतलें नहीं हैं लौटने पर कम से कम दस का इंतजाम करना !''

''ये साला चोरी बड़े का काम करते गुस्सा आता है, उस दिन साली रास्ते में एक फूट गई, बड़ी परेशानी उठानी पड़ी, हाँ, ज़रा नक्शा बताओ...'' सरनाम ने जल्दी की ।

मंगल ने समझना शुरू किया—''भेदिया उसी गाँव का सुनार है। साल पीछे मुसम्मात का पचास तोला सोना खुद उसने गलाया है, चाँदी की इन्तिहा नहीं, सामने-सामने मकान पक्का है, भीतर सब कच्चा है। दढ़ा फरलाँग-भर की दूरी पर है, सीधी सड़क पर पहुँचता है। दक्खिन ढाक का वन है। पश्चिम बस्ती है पूरब में खेत और उत्तर तरफ मठिया। तीन तरफ से खुला है, घर में पाँच प्राणी है, तीन मर्द, दो बैयरबानी ...पश्चिम बस्ती में दो लैसन्स हैं, एक गाँव के बाहर गया है, महीना-खाँड में आएगा, एक से निपट लेंगे। सात गाँव बाद तहसील का थाना-कचहरी है !''

''अच्छा ठीक है, सरनाम ने कहा पर उसका दिल अनायास किन्हीं पुराने खयालों में डूब गया...सबसे पहले डकैती के कचहरी के वे दिन याद आते, जब मुकदमा सेशन सुपुर्द हुआ था और बंसिरी बयान देने आया करती थी। सात आदमी गिरफ्तार हो चुके थे, एक फरार था और सरनाम ने खुद अपने को जाकर अदालत के सामने पेश किया था। उसे यह कभी मंजूर न था कि वारण्ट से पकड़ा जाए और जेल में अपनी हड्डियाँ तुड़वाए। कबूल तो नहीं ही करना था। वह खुद कुछ दिनों फरार रहा था और मुकदमा शुरू होते ही उसने अपने को पेश किया था।

बंसिरी उसे देखती रह गई थी। बाकी सब मुलजिमों की पाँच-पाँच, चार-चार जमानतें थीं, मामला टेढ़ा होता जा रहा था, और फिर घर की औरतों की शिनाख्तें, जिससे कोई बचत नहीं। बंसिरी की आँखों में बदले की जो परछाईं थी, जिससे लगता था, कि कोई बचत नहीं।

थानेदार ने अदालत में शनाख्त करवाई—''इस आदमी को पहचानती हो ?'' बंसिरी से पूछा गया था, और बंसिरी ने पैरों से सिर तक बड़ी गहरी

नजरों से उसे ताका था, उसकी आँखें उसे भीतर तक भेद गई थीं...वह अच्छी तरह पहचानती थी, जैसे रोम-रोम से परिचित हो, सरनाम का शरीर थरथरा गया था और कमर से पसीने की धारें छूट पड़ी थीं, बंसिरी ने उसे अच्छी तरह देखकर थानेदार की तरफ निःसंकोच भाव से देखा था। इसे पहचानने में भूलकर जाऊँगी...इसी ने तो मेरी बांह पकड़ी थी...भूत की तरह खूनी आँखों से मुझे देखा था और इसकी अँगुलियों की फौलादी पकड़ से मेरी बाँह पर तीन नील पड़े थे...मेरी बांह पर पड़े हुए तीनों नील आज भी इसकी निशानी हैं। पर इसकी आँखों की वह आग आज नहीं है, वे फड़कते हुए नथुने मुर्दा हैं...पर आदमी तो यही है। इसकी आवाज मेरे कानों में घुसी हुई है, जब ये अपने साथियों पर शेर की तरह गुर्राया था...इसे खूब पहचानती हूँ, अच्छी तरह जानती हूँ।

''इसे पहचानती हो,'' थानेदार ने सवाल दुहराया।

सरनाम ने माथे का पसीना पोंछने के बहाने मुँह ढक लिया था, कटघरे की बाड़ से टेक ले ली थी, और बंसिरी ने कहा—''मैं इसे नहीं पहचानती।''

सुनकर उसका शरीर खोखला हो गया था। प्रतिहिंसा की शक्ति और दुश्मन को सामने देखकर आने वाले हिम्मत के उबाल पर ठंडा छींटा पड़ गया था। उसके पैर और बुरी तरह से काँपे थे और वह बैठने के लिए लाचार हो गया था। खड़ा रहता तो गिर पड़ता।

बड़ी बुरी डकैती थी, न जाने कौन-सी सायत से गए थे, भेदिया साथ में था। खड्ढों में लारी चलाते-चलाते पसली-पसली हिल गई थी। एक मुकाम किया था तेली के घर में। अंधेरिया रात, कब पानी बरस पड़े, इसका कोई ठिकाना नहीं। पखवारे पहले हथियार ठिए पर पहुँच गए थे। कुछ खेत में गड़े थे। खराब पी-पीकर कारतूसों की पेटियाँ डाल ली गई थीं और आनन-फानन उस घर के सामने उतर पड़े थे। पहला फायर सरनाम ने किया था। लगा जैसे किसी पहाड़ी घाटी में गोला दगा हो, गूँजता चला गया। देखते-देखते चार आदमी ऊपर छत पर थे। सरदार ऊँची छत पर खड़ा चारों तरफ से हिफाजत कर रहा था, तीन आदमी ऊपर से कूदे थे और दरवाजों के खुलते ही बाकी भीतर दाखिल हुए थे। ऊपर सरदार और नीचे खास दरवाजे पर सरनाम। भीतर कुहराम मचा, मुसम्मात का बड़ा बेटा एक लाठी की मार से चित्त हो गया था, पर वाह री औरत। अँगुलियाँ तोड़ दी गईं, आग लगाने

की धमकी दी, पर मुंह बन्द। एक अक्षर नहीं। ''मुँह में बन्दूक डाल दो ...नंगा कर दो हरामजादी को।'' सरदार चीखा था। पर टस से मस नहीं। ऊपर का माल हाथ में आ गया था...तब एक ने बांह मरोड़ दी थी पर उफ तक नहीं, बज्जर थी...बारह बरस के लड़के को उसकी आँखों के सामने गिरधारी ने सर तक उठाकर पक्के फर्श पर दे मारा, पर एक आह तक नहीं। सरदार ने कड़ककर कहा था—''आग लगाकर इसकी टाँगें भून दो, जब तक चाबियाँ न दे, मरने मत दो ससुरी को ?''

और आग की लपटें देखकर डरी हुई हिरनी की तरह बंसिरी निकल कर आई थी...मैं देती हूँ चाबी। मैं बताती हूँ...'' इतना कहने के बाद जैसे वह सहम गई थी और जुबान पर ताले पड़ गए, आँखें फटी-फटी रह गई थीं। बुरी तरह डर गई थी। सरनाम एक फायर करके भीतर घुस आया था। आग की लपट में चमकता हुआ बंसिरी का कुन्दन-सा तन...रस से शराबोर...एक आँच लगते ही जैसे रंध्रों से सुगन्धित रस रिस आएगा, चिकनी खाल भी पके टमाटर की तरह फूट जाएगी। ''नम्बर तीन, तू बुढ़िया को तपा मैं इस लौंडिया की खबर लेता हूँ।'' कहता हुआ गिरधारी बंसिरी की तरफ लपका था और उसकी छातियों पर हाथ डालकर वहशी तृप्ति का अनुभव करता हुआ अपने को कार्यरत प्रकट कर रहा था—''इस लौंडिया को सताओ, तब यह कबूलेगी... ।'' कहते हुए उसने उस अधेड़ औरत की तरफ देखा। पर गिरधारी की हिंस्र पाशविकता में कहीं एक बेहद कमजोर इन्सान उभर रहा था, जैसे किसी भौंकते हुए कुत्ते के सामने गोश्त का टुकड़ा आ गया हो। बंसिरी शिला की तरह खड़ी थी और गिरधारी उसे परेशान करने के बहाने उसके गाढ़े स्पर्श के लिए ललकता जा रहा था। बाल खींचकर उसने बंसिरी का मुँह ऊपर कर लिया था। ''नायक !'' सरनाम की आवाज गिरधारी के कानों में पड़ी, पर उस पर एक दूसरा ही खुमार था एक भद्दी गाली देते हुए गिरधारी चीखा—''माल नहीं बताती तो इस लौंडिया को मोटर में डाल लो...''

सरनाम उछलकर पास पहुँचा था, बंसिरी बुरी तरह चीखी थी। उसकी बाँह को फौलादी पँजों से जकड़कर सरनाम ने अपनी ओर खींच लिया और गिरधारी पर बरस पड़ा था—''बेधर्मी नहीं होगी गिरधारी ...जाओ सन्दूक संभालो।'' गिरधारी देखता रह गया और सरनाम बंसिरी को अपने पास

बाहर की चौखट तक घसीट लया और उसे एक कोने में डालकर मुहाने पर तैनात हो गया। उसे नहीं पता वह कब अचेत हो गई। क्योंकि पश्चिम बस्ती से शोर उमड़ता हुआ उधर ही आ रहा था...।

एकाएक एक धड़ाके के साथ ऊपर खड़े सरदार की लाश नीचे आ गिरी थी...सीने पर पड़ी कारतूसों की पेटी के सारे कारतूस फूटकर छाती में घुस गए थे...फौज से छुट्टी आए गाँव के किसी सिपाही ने अचूक निशाना साधा था। गोली सीने पर लगी थी और सरदार का बदन छार-छार हो गया था। बस्ती की तरफ से दो बन्दूकें लगातार फायर कर रही थीं, और उस अंधेरे में सैकड़ों आदमियों का शोर नजदीक आती रेलगाड़ी-सा निरन्तर बढ़ता जा रहा था। आखिरी संकट सामने आया। डकैतों ने बराबर गोलियाँ दागीं, पर बचाव नहीं था। सरदार की लाश ठिकाने लगानी थी। गाँववालों ने तीन तरफ से चकिया-सी डाल दी और चौथा रास्ता था तालाब का। हारकर बचे हुए लोग सरदार की लाश के साथ तलाब में कूद पड़े थे और गिरते-पड़ते किसी तरह भाग खड़े हुए थे। भेदिया को वहीं गोली मार दी...दो बन्दूकों का नुकसान हुआ और एक आदमी मारा गया...गिरधारी कुनजर न डालता तो कुछ न होता। धरमशील के हौंसले से काम होते हैं...चोर लफँगे नहीं हैं हम ! उस दिन से गोल ढीला पड़ गया। सरनाम ने गिरधारी के साथ शिरकत करना बन्द कर दिया और सरदार मारा जा चुका था।

दूसरे दिन डकैती की रपट हुई और पुलिस ने नाम रखकर वारण्ट जारी कर दिए। वह इधर-उधर बचता-छिपता रहा, फिर उसने खुद को अदालत के सुपुर्द कर दिया था। वकील की यही राय थी।

मुकदमा चला, बंसिरी रोज हाजिर होती। इजलास शुरू होते ही कैदी जेल से लाए जाते, बैठकर मिसकौट होती। गिरधारी कहता—''सब गुड़गोबर कर दिया तूने सरनाम। गर्दन फँसी और कौड़ी हाथ न आई। ...हजार रुपए की तो अकेली लौंडिया है...मटर की तरह भरी हुई !'' इजलास से बाहर पेड़ों और वकीलों के तख्तों के आस-पास मजमा इकट्ठा रहता। सरनाम उसे रोज देखता, पर बंसिरी की आँखों में कोई भी ऐसी बात न दिखाई पड़ती जिससे वह अपने लिए कुछ मतलब निकाले और वह सोचता—बंसिरी, तेरी मेहरबानी मेरे किस काम आएगी ? डकैती साबित हुई तो तेरे शनाख्त न करने पर भी साल-साल की सजा नहीं बचती। तेरी यह मेहर किसलिए

थी मुझ पर। रोजाना की एक दुश्मनी भरी मुलाकात। गिरधारी दाँत किट-किटाकर कहता—''शहर जाते हो तुम तो, सराय या धर्मशाले में टिकी होगी, कितनी देर लगती है...'' कहते हुए वह चुटकी बजाता और उसके मुख के भाव कुछ इस तरह बदलते कि सरनाम का दिल कुढ़ने लगता, क्योंकि गिरधारी जानता है कि उस लड़की ने जान-बूझकर सरनाम की शनाख्त नहीं की, तब उसे चुप रहना चाहिए...उसे समझना चाहिए कि वह सरनाम और बंसिरी का अपना मामला है। न जाने क्यों बंसिरी सरनाम से आँख न मिलाकर उसके माथे पर पड़े हुए घाव के निशान को ताकती थी, इसे सरनाम ने भी महसूस किया था। पर बात नहीं हुई। जो कुछ होती, वह अदालत में ...बस।

फैसलेवाले दिन डकैतों ने जब भरी इजलास में नारे लगाए...''बोल सच्चे दरबार की जै'' तो लोगों ने समझ लिया कि डकैती छूट गई। बंसिरी के साथ वाले पैरवीकारों के मुँह पर लानत बरस रही थी, लेकिन बंसिरी स्वयं निरपेक्ष थी। वे लोग बैलगाड़ियों में बैठकर उसी दिन अपने गाँव लौट गए। एक नाटक खतम हो गया था। पर सरनाम के दिल में बंसिरी की अजीब-सी अनुभूति थी—एक सताई हुई दयावान नारी की। एक नासमझ लड़की की। एक हारे हुए दुश्मन की, एक जीते हुए साथी की। वह कुछ भी ठीक-ठीक न सोच पाता।

फिर एकाएक कई सालों का व्यवधान है। उसे लगता कि न जाने कितने ऐसे व्यवधान उसके जीवन में हैं, जिन्होंने उसकी जिन्दगी के रूप को निश्चित किया है। कहाँ से आ लगा वह। जिन्दगी के बनते हुए रूप को अस्वीकार करके वह भरी जवानी में फौज में चला गया था, हिन्दुस्तान से बाहर जाना नहीं हुआ, पर कौन-सी ऐसी सड़क है, जिसपर उसके मिलिटरी ट्रक के जूं-जूं करते हुए टायर नहीं गुजरे। आसाम से रावलपिंडी, रावलपिंडी से पूना, पूना से मद्रास और फिर इम्फाल। दो वर्ष की इस तूफानी जिन्दगी के बाद वह यहाँ आया था। पर प्राइवेट मोटरों की ड्राइवरी में वह निःशंक तूफानी रवानी कहाँ थी, वह उत्तेजना कहाँ थी...मौत से टक्कर लेने की ललकार कहाँ थी...और तब उसने अपने को इन लोगों के साथ पाया था ...और इन लोगों के साथ में एकाएक बंसिरी को पाया था। उसे देखकर

उसकी पशुता अचानक मर गई थी, अद्भुत प्रभाव था उसमें।

और जब उसका चेहरा-मोहरा सरनाम के ख्यालों से उतर रहा था कि उसे एक भयानक धक्का लगा। दो साल बाद सोरों के मेले में ताड़ी पीकर वह एक नौटंकी में घुस गया था। उसे शक हुआ—लैला की सखियों में बंसिरी थी। सीधी-सादी लड़की कूल्हे मटकाना सीख गई थी। आँख मारती थी।...उइ दइया कह कर लजाती थी और खुले हुए गन्दे मजाक करती थी। सरनाम ने गिलट का एक रुपया स्टेज पर फेंका था, पर नगाड़ों की किड़िम-धिन्न किड़िम-धिन्न में वह बेकार चला गया। उसे लगा वह बंसिरी नहीं है। देखनेवालों के इशारों का जवाब वह अपना पार्ट अदा करते-करते दे रही थी। उसकी निगाह हमेशा सरनाम पर बिछल जाती। पर उसका जी नहीं माना।

रात दो बजे जब नौटंकी खत्म हुई तो वह नटों के डेरों के इर्द-गिर्द घूमता रहा। सचमुच अब बंसिरी उसके लायक हुई है, तब तो वह इतनी पाक लगती थी कि अपने पर शरम आती थी। पाँच नटनियाँ दो तम्बुओं में थीं। नट उन्हीं की अगल-बगल थे। एक नट ने कुछ कहा था तो बंसिरी एकदम बिफर उठी थी—"जा जा...अपने तबेले में सो, इधर का रुख किया तो जान सलामत नहीं..."

"नई है, ढरे पर आएगी..." दूसरे ने पहले नट को तसल्ली से काम लेने की हिदायत दी थी और एक गंदा इशारा करता हुआ बड़े भद्दे ढंग से बैठ गया था। सरनाम लौट आया था। सुबह तक के तीन-चार घंटे बड़ी पशोपेश में गुजरे। उजियाला होते ही वह उधर गया, पर नटों के डेरों में जगह नहीं हुई थी। एक रोज मेले में नौटंकी शुरू होने से पहले बंसिरी मिली थी। देखते ही बोली, "डाका मारना है ?" सरनाम हँस दिया। बोला—"अब तेरे यहाँ क्या रह गया ?" और उसने बेहद गहरी नजरों से बंसिरी को ताका था।

"तेरे लायक सब कुछ है। है दम ?" बंसिरी ने कहा और खिलखिला पड़ी...पान से रंगे दाँत सरनाम को भा गए। कितनी मुंहफट हो गई है। हया-शरम खोकर औरत बनी है अब।

"चल के देख, चलेगी" सरनाम ने कहा। तब उसके साथवाली नटकी ने मनिहार से लड़ाई शुरू कर दी और बंसिरी उसमें उलझ गई। सरनाम

कुछ देर तक देखता रहा, शायद उधर से फुर्सत पाकर वह फिर इधर मुँह मोड़े, पर वह झगड़ा निपटाकर हँसती-हँसती दूसरी दूकान की तरफ बढ़ गई। सरनाम को खल गया। रात नौटंकी में वह फिर गया और सबसे आगे जाकर नगाड़े वालों के पास उसने जगह खोज ली। बंसिरी बँदरियों की तरह नाचती-कूदती रही...और सरनाम का पौरुष उबाल खाकर सिराता रहा। पर वह जानता था, अब यह हाथ नहीं आने की। पर्दा गिरते-गिरते बंसिरी उससे कहती गई—‘‘बाहर रुके रहना।’’

भीड़ छँटते ही वह आई और उसे लेकर देवियों की मठिया की ओर हमलियों के नीचे चली गई, यह रथों का बाजार था—रथ, लहडू, रब्बा—।

‘‘कहाँ है आजकल...कुछ काम-धन्धा ?’’ बंसिरी ने पूछा।

‘‘वहीं हूँ...मोटर लेके आया था, मेले की दूकानें ढो रहा हूँ। कैसे आ गई यहाँ... ?’’

बंसिरी ने ऐसे देखा, जैसे सब तेरा किया तो है, और उसकी आँखें डबडबा आईं। बोली—‘‘बस आ गई...तू निठल्ला है, समझता है सब इसी तरह रह लेते हैं। कितनी डकैतियाँ मारीं। हमारी नौटंकी के लकड़े ढोएगा।’’ बंसिरी इस तरह बात कर रही थी, जैसे वह निपट नादान बच्चा हो। सरनाम को लगा, निकटता बता रही है। उसने कन्धे पर हाथ रख लिया, बंसिरी कुछ नहीं बोली।

सरनाम उसे उत्तर वाले भूड़ मैदान की ओर ले आया, जहाँ लदाई के लिए और ट्रकों के साथ उसका ट्रक खड़ा था। उन दिनों रंगीले उसके साथ क्लीनर था। वह ताड़ी पिए, ट्रक के खुरदरे फर्श पर नंगे बदन लेटा था। सरनाम ने सीट की गद्दी निकाली और जहाँ ट्रक की परछाईं से अंधेरा और भी घनीभूत था, बिछाकर खुद बैठ गया, हाथ पकड़कर उसे भी बैठा लिया।

‘‘पौडर-लाली लगाकर पटरों पर कूदते-कूदते हाड़ टूट जाते हैं, नगाड़े से कान के पर्दे फट जाते है...पर लैला बन के रहूँगी एक दिन।’’ बंसिरी बोली।

‘‘लैला !’’ सरनाम ने हाथ दबाकर पूछा।

‘‘हाँ, रियाज की बात है। सत्तार तो कहता था इसे ही स्टेज पर लैला बनाकर उतारो, पर मास्टर नहीं माने...’’

''कौन सत्तार ?''

''अरे, वही जो मजनूं बनता है। असल में मास्टर की श्यामा से आसनाई है। जो वह कहती है वही होता है। सत्तार का मुँह नोच लिया कलमुँही ने...पर कित्ते दिन। पौडर लगाती है, तब भी लकीरें नहीं जातीं...लैला तो जवान थी।'' बंसिरी ने कहा उसकी आँखें अंधरे में भी लौ की तरह चमक उठी थीं। गर्वीली गहरी साँस उसने खींची थी।

सरनाम ने उसे अधलेटा कर लिया था। मेले का शोर खामोश हो चुका था। टूरिंग सिनेमा का भोंपू बहुत पहले बन्द हो गया था। सर्कस वालों का तम्बू पिचके गुब्बारे की तरह ढीला पड़कर जमीन पर लोट रहा था। दूर, जहाँ खास मेला था, वहाँ दुकानों के आगे पर्दे तन गए थे, जिनके पीछे से टिमटिमाती हुई लालटेनों का मटमैला प्रकाश छन रहा था। चरख चुप थे। मेला अफसरों के तम्बुओं की गैस की रोशनी में एकाध अरदली चिलमें फूंकते नजर आ रहे थे। दो-चार आदमी इधर-उधर थके-से आते-जाते, पर भूड़ मैदान में टिके हुए सारे क्लीनर और ड्राइवर नशे में धुत्त थे। सरनाम ने एक नजर चारों ओर डाली...उसके समाने फौजी पड़ाव घूम गए। युद्ध से लौटे थके-हारे जवान और उनकी एकाकी बस्ती...किसी घाटी की कोख में या किसी नदी के किनारे खड़े हुए खेमे और उनमें सोते हुए थके और भूखे इन्सान। ''गद्दी तो इतनी पतली है, तुझसे सीधी तरह बैठा भी नहीं जाता...'' बंसिरी कह रही थी कि उसका कन्धा गद्दी के नीचे आ रहा था। बोली—''ये भी नहीं देखता, इधर काँटे हैं...खाल छिल गई। हट, अरे हट...''

और बंसिरी जब गई तब उसके सचमुच एक काँटा ऐसा चुभ गया था, जो न उस अंधेरे में दीखता था और न टटोलकर बाहर ही खींचा जा सकता था। उसके थके हुए शरीर में कुछ ऐसी सनसनाहट भर गई थी, जो उसे आपे से बाहर किए दे रही थी। इतनी टूटन, थकान और हारी हुई झनझनाहट। सरनाम ने उसे मरोड़ दिया था। माँस कसकता था...कितनी गहरी नींद आती है ऐसे में। चैन और भुलावे की नींद, बेफिक्री की नींद, मजबूरी की नींद।

''राउटी तक पहुँचा आऊँ...?'' सरनाम ने पूछा था।

''चली जाऊँगी, तू सो।'' उसने कहा और निश्चिन्त-सी उठकर चली

गई। किसी दूसरे मोटर के क्लीनर ने टोका तो गुर्राती हुई निकल गई। सरनाम उसकी छाया को देखता रहा, एक मोटर इंजिन की बगल से मुड़कर वह ओझल हो गई।

मेला उठते-उठते यह तै हुआ था कि जिस दिन नौटंकी यहाँ से उखड़ेगी, बंसिरी सरनाम के साथ चलेगी। नौटंकी के मालिक से पूछने या कुछ कहने की जरूरत नहीं। मेला उखड़ते ही सरनाम लकड़ीवालों की खेपें ढोने लगा। जिस दिन वह खाली मोटर लेकर आनेवाला था, नहीं आया। रंगीले की थोड़ी-सी असावधानी के कारण ठर्रे की बोतलें पकड़ी गईं और दोनों बन्द हो गए थे। जमानत देर से हुई, वह सीधा सोरों के मेले में पहुँचा। नौटंकी की बल्लियों के गहरे-गहरे गड्ढे अब भी उस जमीन पर मौजूद थे, दस-बीस फटे हुए बाँस पड़े थे।...बस, और कुछ नहीं। धरती की छाती में बने हुए वे गहरे गड्ढे वह देखता रहा, जिनके मुहानों पर मकड़ियों ने जाला भी पूर लिया था...जब तक सूरज तपेगा तब तक ये गड्ढे ऐसे ही बने रहेंगे। शायद तपन से दरककर एक-आध पर्त उचट जाए...बरसात में पानी सोखकर धरती के ये घाव पुर जाते हैं...भूमि नई नवेली हो जाती है, जैसे यहाँ कुछ था ही नहीं, पर निशान मिट जाता है, तब तक के लिए, जब तक कि दुबारा फिर मेला नहीं जुड़ता।

बंसिरी की आहट के लिए उसके कान हमेशा खड़े रहते...जिले का कोई मेला उसने नहीं छोड़ा। हर नौटंकी और रास मंडली में उसने रातें गुजारीं, पर वह नहीं मिली। मास्टर की नौटंकी भी दिखाई पड़ी, मालूम हुआ, वह सत्तार के साथ किसी सर्कस में चली गई थी। कुछ दिन पहले सर्कस के काफी जानवर किसी बीमारी से मर गए, इसलिए सब तितर-बितर हो गया। अब पता नहीं कहाँ है। सरनाम माल ढोने वाली फारावर्डिंग कम्पनी से नौकरी छोड़कर सवारी वाली लारियों की कम्पनी में आ गया था। पूँछ की तरह रंगीले साथ था। मसखरा आदमी। सरनाम के रोब-दाब के कारण उसकी भी निभ जाती थी। अपने पेट-भर को वह कमा ही लेता था।

और रंगीले। बड़ा रंगा हुआ आदमी था। इस बस्ती में रंगीले का बचपन किसी ने नहीं देखा। चौड़ी काठी पर सिलबिल दिमाग। इस आदमी की शोहरत सबसे पहले टूरिंग सिनेमा के आस-पास फिल्मी गाने की किताबें

बेचनेवाले और पोस्टर उठाकर चलनेवालों के बीच फैली थी। बात ही ऐसी थी। कोई खेल ऐसा न जाता, जिसे रंगीले न देखे। चाहे अछूत कन्या, कंगन या बँधन हो, चाहे हण्टरवाली या गुलबकावली। गाना गाने का नहीं, सुनने का शौक था। देविकारानी ही नहीं, लीला चिटनिस का जमाना भी लद चुका था और बेस्ट टूरिंग टाकीज के पहले पर्दे पर उन दिनों सुरैया चमक रही थी। शहर में सुरैया की शोहरत के साथ-साथ रंगीले का नाम भी उजागर हुआ। अभी तक रंगीले बस्ती के हर आदमी के काम आता रहा था। अपने में मस्त होकर फक्कड़पने से जीता था, न किसी से लड़ना न झगड़ना। आवारा कहे जाने वाले लोगों के साथ उठता-बैठता जरूर था, पर उनकी बदमाशियों से दूर, इसलिए उसकी सबसे दोस्ती थी। दुश्मनी और रँगीले से, यह कोई सोच ही नहीं सकता था।

लेकिन एक रोज लोगों को यह जानकर ताज्जुब हुआ कि रंगीले किसी का जानी दुश्मन हो गया है और हर वक्त एक ही रट लगाए रहता है। ''जिन्दगी में किसी से दुश्मनी नहीं की, पर ये देवानन्द जब तक जीता है और तब तक मैं जीऊंगा, तब तक यह दुश्मनी इसी जोर-शोर से चालू रहेगी। बेईमान !'' यह गाली देकर वह जमीन पर बड़ी हिकारत से थूक देता था।

इस दुश्मनी का राज एक दिन खुला। रंगीले की जेब में सूरैया की तसवीर थी और जूते में फिल्म मास्टर देवानन्द की। क्योंकि रंगीले को फिल्मी गीतों की किताब बेचने वाले ने बताया था कि देवानन्द और सुरैया का प्रेम इस हद तक पहुँच गया है कि देवानन्द उससे शादी करने की बात सोच रहा है। यह खबर रंगीले को गोली की तरह लगी, उसके सपनों की रानी को कोई और इस निगाह से देखे। पर्दे पर सुरैया का गीत सुनकर जब उसके अगल-बगल बैठे लोग पैसे खनखनाते तो उसकी त्योरियाँ चढ़ जातीं—ज़रा भी तमीज नहीं इन लोगों को, शोहदे हैं शोहदे।

रंगीले की अपनी अलग महफिल थी, सुबह वह मोटर अड्डे पर रहता, दोपहर में कचहरियों मे दौड़ता और शाम को सराय के गलियारे में कलिया पराठे वालों की दुकान पर बैठता, क्योंकि उसके साथ वाले अधिकतर वहीं खाना खाते थे। मिशन स्कूल के पास लगा बाइस्कोप जब आवाज देता—''आइए, आइए...रामराज, जिसमें परेम अदीब, शोभना समरथ जैसे नामी सितारों ने काम किया है। खेल शुरू होने जा रहा है—भगवान् का दरसन कीजिए।''

तब रंगीले अपने संगी-साथियों के साथ उठकर सिनेमा-घर पर पहुँचता, आधी रात वहीं बीत जाती।

बड़ा लोकप्रिय था रंगीले। लोगों में भी और पुलिस महकमें में भी वह अधिक पढ़ा-लिखा तो नहीं था, फिर भी हाजिरजवाबी में पढ़े-लिखों के कान कतरता था। सबसे बड़ी वजह थी उसका रुसूख। महकमा पुलिस का वह बँधा हुआ गवाह था। वैसे भी यह उसका पेशा था—पुलिस को किसी भी मामले में गवाह की जरूरत पड़ती तो रंगीले को हाजिर कर दिया जाता। क्या मजाल कि दूसरे पक्ष का वकील एक भी फालतू बात उसके मुँह से निकलवा ले या गलत कहलवा ले। दीवान जी से वह पूरा मामला समझकर यह जान लेता था कि उसकी गवाही किस पहलू के लिए है, फिर तो ऐसे बोलता, जैसे सारा वाकया उसकी नजरों के सामने हुआ हो।

किसी के घर चोरी हो जाए, किन्हीं दो में फौजदारी हो जाए, और चश्मदीद गवाह की जरूरत पड़े तो रंगीले की मांग बढ़ जाती थी। जो पहले आ जाता, वह उसे रिजर्व कर लेता। चौथाई पैसा पेशगी, कचहरी तक का भाड़ा। आधा पैसा गवाही के वक्त और बाकी काम खतम होने पर। कभी-कभी इस काम के लिए वह दूसरी तहसीलों में जाता। खास जरूरत पड़ने पर जिला पार भी चला जाता। और सरकार को दुआ दिया करता था—बड़ी उमर हो इस सरकार की, हाकिम को टिकने नहीं देती। हाकिमों के तबादलों के साथ उसके रोजगार में नई जान आती थी, दीवानी कचहरी से लेकर लेबर आफिस तक के इजलास उसके घूमे हुए थे। कौन-सी ऐसी अदालत थी, जिसमें उसने गंगाजली उठाकर कसम न खाई हो।

वह कहा करता था—''मैं तो पैसे का गुलाम हूँ, और भाई, सबसे बड़ा अपनापा...आदमी आदमी के काम आता है। मुझसे किसीका काम निकल जाए, समझो सुरंग की एक सीढ़ी चढ़ी। बद्दुआ नहीं लेता, दुआ लेता हूँ, दुआ देता हूँ !''

पुलिस वालों से जान-पहचान के कारण रंगीले निर्भय होकर घूमता था। कोई ऐसी चौकी नहीं, जिसके दीवान जी की किसी मुसीबत में रंगीले ने हाथ न बंटाया हो। सरनाम यह बात जानता था, इसीलिए उसने रंगीले का साथ पकड़ा था, लेकिन उसी पर एहसान करके।

उन दिनों एक जज बहुत दिनों टिक गया। रंगीले की साख बिगड़

गई। जब फैसले में जज ने लिखा कि रंगीले वल्द जोगनराम पेशेवर गवाह मालूम पड़ता है, क्योंकि मेरी इजलास में पेश हुए पिछले दो मुकदमों में यह गवाह बनकर हाजिर हुआ। और उन्होंने जुबानी रंगीले से कहा था—''अगली बार तुम्हें गवाह की तरह न देखूँ। या अपना मुकदमा लड़ने आना या चोरी-चकारी के जुर्म में हाजिर होना।''

जब तक वह हाकिम रहा, किसी ने भी रंगीले को न पूछा। उन दिनों वह नौकरी भी छोड़ चुका था; इसलिए हाथ एकाएक तंग हो गया। पर फक्कड़ आदमी...उसके चेहरे पर शिकन दिखाई न दी। कुछ ऐसे काम करने लगा, जो कोई न कर पाए—जैसे महूक तोड़ना, कुएँ में गिरी हुई डोल-बाल्टी निकाल देना, साँप पकड़ना आदि। बेकारी के समय में चौराहे वाले शिव मन्दिर के बाबा लोगों के साथ बैठा करता, गाँजा की दम लगाता और पिनक में पड़ा रहता। उसकी खामोशी से चौराहा, सराय और अड्डे सूने लगते थे।

इन दिनों तीन-चार ही नहीं, सैकड़ों ऐसी बातें हैं जिन्हें रंगीले ने जन्म दिया। इस पतली और अंधेरी गलियों वाले शहर की सामाजिक और सांस्कृतिक परम्पराओं में उसका प्रभावशाली हाथ रहा है। यहाँ के लोग सचमुच उसके ऋणी हैं...जो लोग बाहर से पढ़-लिखकर आते, वे अपने आप यहाँ के जीवित स्रोत से कट जाते...पर इन बेपढ़े जिन्दादिल लोगों की पीढ़ियां कभी नहीं मिटीं; ऐसी पीढ़ियाँ, जो हमेशा अतीत की गरिमा और वर्तमान की आवश्यकता पर जीती रहीं। इससे आगे उन्होंने कुछ नहीं देखा, देखना सीखा ही नहीं । शायद इसीलिए मानवता के इस खंड का आधा मुँह काला था, आधा सफेद। टुच्चे काम करके भी बड़े काम करने का हौसला रखनेवाले। शाम को नृशंस की तरह गोद-गोद कर हत्या करनेवाले और सुबह किसी अपरिचित की प्राण-रक्षा में स्वयं मर जानेवाले। रात में वेश्याओं की गलियों में दंगा-मारपीट करके सुबह गहरी निष्ठा से भरे हुए देवी मन्दिर पर शीश नवाने वाले अद्भुत लोगों की बस्ती है। यह बड़ी-बड़ी नैतिकताओं के खंड-खंड कर छोटी-छोटी नैतिकताओं के लिए जागृत रहने वाले। और रंगीले ! वह हमेशा बच्चों की तरह वर्तमान में जीता था, पश्चाताप और परिताप से दूर।

उन दिनों रंगीले बड़े कष्ट में था। शिवमन्दिर के बाबा लोगों से उसका झगड़ा हो गया था। मंडी में जाकर पल्लेदारी करना उसे मंजूर न था। उन दिनों वह किस तरह पैसे का जुगाड़ करता, यह किसी को पता न हो, ऐसी

बात नहीं थी...

सरनाम सिंह कुछ दिन पहले सवारियाँ ढोने वाली एक लारी पर आ गया था। कुछ दिन पहले रंगीले भी उसके साथ क्लीनर रहा था, पर जब सरनाम ने दूसरी जगह नौकरी की तो वह अपने पुराने धन्धे में लगा, यानी बेकार हो गया।

उन दिनों लड़ाई वाले राशनिंग का जमाना था। कारबार बुरी तरह चौपट हो चुके थे। कड़ी से कड़ी रीढ़ वाला भी झुक गया था। जिसे देखो वह काम-धन्धे और रोजी की तलाश में दूसरे शहरों की ओर भाग रहा था।

सरनाम को रंगीले की फिक्र भी थी, आड़े वक्त काम आने की बात थी। जोड़-तोड़ लगाकर उसने अपनी लारी के क्लीनर को भगा दिया। रंगीले की तलाश में मठिया पर गया, पर वह नहीं मिला। सराय गया, वहाँ पता चला कि अभी-अभी उसका दिमाग चल गया था...अपनी रमक में था। अफसरों के घर की कुछ औरतें वापस डाक बंगले की तरफ जा रही थीं, वह बैठा उनकी चाल-ढाल और सिंगार-पटार पर फबतियाँ कसता रहा। फिर सराय के कोने पर से कोरी का गधा खोल लाया और उसकी पूंछ में टूटा हुआ डोल बाँधकर उसने उन लोगों के पीछे दौड़ा दिया। हंगामा मच गया, ऊँची एड़ी की सैंडिल पहने एक अफसरानी के पैरों में मोच आ गई। अचानक गधे से बचने के लिए जब वे संकरी सड़क पर घबराई-सी चीखीं-चिल्लाईं तो रंगीले वहशियों की तरह ताली पीट-पीटकर हँसा, एकाध गन्दे मजाक उसने किए और सिनेमा की तरफ भाग गया।

सरनाम उसकी हालत समझ रहा था। जब वह उसके साथ था तब उसने उसे पास से देखा था...औरों की तरह वह भी बुरी तरह भूखा था। हर तरफ से भूखा...मन से, तन से, जेब से। इसलिए औरतों के प्रति उसके व्यवहार में यह तिक्तता थी, अमीरों के प्रति घृणा थी और अपने पुरुखों के प्रति क्रोध। बनी-ठनी औरत देखते ही उसका दिमाग कीली पर से उतर जाता था, कोई ऐसी हरकत कर बैठता जिससे उसके मन को जंगली तृप्ति मिलती, उन्हें परेशानी में पड़ा देखकर वह दाँत निकालकर ठट्ठा लगाता। जानवरों के जोड़ों को परेशान करता। बिल्लियाँ और कबूतर आदि पकड़कर उनके अंगों का निरीक्षण करता। जाते हुए साँड को किसी गाय पर हुलकार देता और चौराहे पर जब कभी गाँव की बेड़नियाँ आ जातीं तो वह बीच-बाजार

दिन-भर हुडदंगा मचाता...यह जाहिर करता कि वह पिए हुए है, उन्हें छेड़ता, मजाक करता। तमाखू लाकर खिलाता, पानी पिलाता और उनके साथ ऐसा घुल-मिल जाता, जैसे उसी मंडली का सदस्य हो। रात-रात भर सूनी गलियाँ उसके कदमों की आहट और बेसुरे गानों से गूँजती रहतीं। लेकिन ऐसा कुछ भी नहीं था, जिससे बस्ती के लोग उससे डरते...बस्ती वालों के लिए वह विषहीन साँप था।

इन्हीं दिनों शहर में एक अनोखे संघर्ष ने जन्म लिया।

सन् बयालीस में कुछ खास तरह के लोग यहाँ आए थे। उनकी वजह से शहर के नौजवानों में तरह-तरह की बातें फैली थीं...कई निशान चालू हुए थे...तिरंगा पहले भी था, पर उसने इस बार जोर पकड़ा था और हँसिया-हथौड़े वालों से उसकी आए दिन हाथापाई होती रहती थी। बस्ती में नारे गूंजते रहते। तरह-तरह की टोपियां दिखाई पड़तीं। स्कूलों के लड़के गोल बाँधकर सड़क और गलियों का चक्कर लगाते रहते, गाँधी बाबा की जै के नारे लगते। इन दिनों बड़ी सरगरमी थी। सरेशाम दुकानें बन्द हो जातीं।

पनवाड़ी रमेसुर इस सरगर्मी का कारण समझता था—''विक्टोरिया महारानी के मन्तरी लोग बेइमान हो गए, गाँधी बाबा ने ऐलान करवाया है कि राज अब हमको देके देखो, हम चलाएंगे।''

रंगीले, जो बातें सुन रहा था, बोला, ''सुभाषचन्दर बोस का इन्तजार करो...उन्हीं के साथ दिल्ली जाएँगे, उन्हें कोई रोक नहीं सकता। बड़े महात्मा हैं, अंगरेज फौज लेकर लड़ने गए तो अन्तध्र्यान हो गए और मय अपनी फौज-फाटे के आसाम में उतरे। उनके लिए कोई मुश्किल नहीं, हो सकता है कल यहाँ दिखाई पड़े...बराबर दिल्ली की तरफ बढ़ रहे हैं।''

''बंगाल का जादू उनकी मुट्ठी में है। जो भी उनका सामना करने जाता है, वह बकरी-बकरा होके लौटता है...'' जगनू ने मार्के की बात बताई, फिर धीरे से कहा, ''आज रात सब लोग जमा हो रहे हैं, तैयार होने का हुकुम मिलेगा, पता नहीं कब दिल्ली चलना पड़े...।''

और रात की मीटिंग के इकरारनामों के मातहत सबसे अधिक काम रंगीले ने किया था। दिन-दहाड़े उसने डाकघर में दस-पन्द्रह साथियों के साथ आग लगा दी। डाकघर के बाबू खड़े तमाशा देखते रहे। उन दिनों रंगीले

'नेता जी' हो गए थे। एक ही नारा उसकी जुबान पर था..."अपने देश में अपना राज !"

जगह-जगह जाकर उसने आग भड़काई थी। कचहरी पर छापा मारने वालों के दल में शामिल हुआ था। स्कूलों में हड़ताल करवाने के लिए वह आगे-आगे झण्डा लेकर गया था। खिड़कियों और दरवाजों पर पत्थर बरसाए। लड़कों को जबरदस्ती बाहर खींच लाया...यहाँ तक कि अकेले उसने एक आंदोलन खड़ा कर दिया, पर किसी पार्टी ने उसे अपने साथ नहीं लिया, पता नहीं कल क्या कर बैठे ? धड़ाधड़ गिरफ्तारियाँ हो रही थीं, पर रंगीले सिंह की तरह बस्ती की गलियों में घूमता जगह-जगह सुभाष बोस के किस्से सुनाता...उन्होंने "पाताल लोक से यात्रा की और जब धरती पर फिर परगट हुए तब बलोची का बाना धारण किया, जब वरदान पाय गए, तब अब देश लौटे हैं। भारतमाता की आजादी का वरदान माँगा, तब से बराबर आकाशबानी होय रही है—नेता जी भारतमाता को आजाद करने के वास्ते पूरब से आय रहे हैं, सूरज देवता के साथ, सात घोड़े के रथ पै। वो रथ दिल्ली जायके रुकेगा, वहीं राजतिलक होगा उनका, जैसे दशरथ जी ने रामजी को वनवास दिया था वैसे ही गाँधी जी ने सुभाष जी को देश निकाला दिया है, बड़ा-बड़ा करतब है इसमें। अवतारी पुरुष हैं नेता जी...।'

इस तरह के अवतारों पर रंगीले हमेशा से विश्वास करता आया था। वह दिन बीत गए, और आज सरनाम, रंगीले, रमेसुर, लछमन और बाबा सराय में कलिया पराठे वाले की दुकान पर बैठे थे...वहाँ गर्मागर्म खबर थी—"भगवान किसन ने कलँकी अवतार लिया है...दीन-दुखियों की आरत पुकार सुनकर आखिर भगवान जी को अवतार लेना पड़ा।"

"कहाँ की बात है ? कौन कहता था ?"

"भागीरथ ज्योतिषी से पूछो, बगैर नक्षत्र इतनी बड़ी आत्मा जन्म लेगी ?"

"अवतारी के जनम पर नछत्तर सब बदल जाते हैं...।"

"इसमें कोई धोखा है।"

"पापी तो वैसे भी उनके दर्शन नहीं कर पाएगा...भगवान सामने होंगे; पर उसकी दिरिष्टी पर पर्दा पड़ जाएगा। दर्शन नहीं होने पाएगा।"

"हाँ, हाँ, सो तो है ही।"

''पर खबर कौन लाया है।''

''खबर कौन लाएगा, अघौरी बाबा को सपना दिया है, छन, पल, दिवस सब बतलाया है सपने में, स्थान तक...नदी पर देवी मन्दिर के पास वाली कोठी के अहाते में। बात फैलाने की जरूरत नहीं है।''

बात फैलाने का यही गुरु मंत्र है। गली-गली, बस्ती-बस्ती, गाँव-गाँव कलंकी अवतार की खबर हवा की तरह फैल गई। महकमा पुलिस के कान खड़े हुए। रंगीले ने सारी जान-पहचान एक तरफ कुनियाते हुए ऐलान किया—''अगर कोतवाल और कलेक्टर की सी. आई. डी. ने धर्म के मामले में टांग अड़ाई, तो तोड़ दी जाएगी... ।''

''कोतवाल और कलक्टर दोनों मुसलमान हैं। इसलिए विघ्न डालना चाहते हैं... ।'' भभूत लगाए लछमन बाबा ने अपनी जटाओं पर हाथ फेरते हुए कहा।

कलंकी अवतार के लिए धर्मप्राण जनता सजग हो गई। आखिर किसन जी की यही लीला भूमि रही है, मथुरा-वृन्दावन न सही, अब की इस तरफ किरपा हुई है। जिले की पाँचों तहसीलों के साधु वैरागी जुटने लगे। धर्मशाला में उनका सत्संग हुआ। देवियों के पास वाली कोठी के अहाते के चारों ओर धुज और पताकाएँ फहराने लगीं। यज्ञ होने लगा। बस्ती के पंडितों ने आँखें टेढ़ी कीं। कृष्णावतार हो और बाहर के ब्राह्मण उसका जस लूटें ! अजीब शंका और रहस्य व्याप्त हो गया। दुलारे पंडित ने कहा—''बकवास है...''

तभी शिवराज बाजामास्टर के साथ उधर आ निकला। वह समझ रहा था—''मास्टर जी, उससे मिल सकना इतना आसान नहीं। रामलीला, नुमायश पर हो भी जाता था...सिनेमा में मार-काट की फिल्में आ रही हैं, कोई भक्ती की आए तो उसका मिलना हो ।''

''कलंकी अवतार देखने नहीं जाना है ? वहीं मिल के बात कर लो। दो-तीन दिन भीड़-भाड़ जरूर होगी... ।'' मास्टर ने सुझाया।

कोठी के मैदान में रोज भण्डारे हो रहे थे। जनता तिथि से पहले पहुँचने लगी। बाबा लोगों ने जगह घेर रखी थी। एक-एक फरलांग तक आदमी बाहर रह जाता। आखिर वह दिन भी आया। शाम होते-होते हजारों की भीड़ झुक पड़ी...लाठियाँ और चिमटे ले-लेकर बाबा लोग इन्तजाम कर रहे थे—आज केवल माताओं के वास्ते।

रंगीले उलझ पड़ा—''इतना इन्तजाम हमने किया और परथम दरसन का लाभ तक नहीं।''

''आज केवल माताओंके वास्ते...।'' एक ही उत्तर वहाँ था। भीड़ झुकती जा रही थी, पर साधुओं के चिमटों ने पुलिस की संगीन से ज्यादा असर दिखाया। ''तो पिता लोग कल दरसन पाएंगे।'' रंगीले ने कह ही दिया। हँसी का फव्वारा फूट पड़ा और एक चिमटा उसकी पीठ पर पड़ा। गलती महसूस करने का दिखावा करते हुए उसने जीभ दाँतों से काट ली।

नारियाँ भीतर जा रही थीं। कृष्ण जी गोपियों के साथ एक पलंग पर बैठे थे, हाथ में बाँसुरी और सर पर मोर मुकुट। अद्भुत रूप था, औरतें देखतीं और निहाल हो जातीं। फूल-मालाओं और भेंट से इर्द-गिर्द की जगह भर गई। कृष्ण जी की बगल में गोपियों के साथ बलराम भी थे। बाहर खड़ी जनता घोर जयनाद कर रही थी। नारियाँ दर्शन के लिए टूटी पड़ती थीं। सहसा कृष्ण जी ने चंवर डुलाने वाली गोपी की बाँह पकड़ ली, ''मातु ...मातु...माता।'' भगवान बालकरूप धारण कर रहे थे। पलंग से उतरकर घुटनों के बल चलने लगे...। ''मातु ...मातु...'' उनके पैरों की पैजनियाँ खुनकने लगीं...झुन झन झुन झुन ...और बालकृष्ण ने युवती के गोद में सिर घुसा दिया...''मातु...'' दोनों हाथों से स्तन पकड़कर बछड़े की तरह मुँह रगड़ने लगे उन पर...।

''दया हुई...भगवान की माँ ! जनम सफल हुआ...बालकृष्ण ने स्तन पान किया। धन्य हो माई। धन्न...धन्न...'' आवाजें गूँज उठीं। युवती मदहोश होकर अधलेटी हो गई, बालकृष्ण उसे छोड़कर घुटनों चलने लगे, ''मातु ...मातु।'' औरतों की श्रद्धा उमड़ पड़ी...।

''बड़ी भागवान है छतरपुर वाले की बिटिया, साच्छात भगवान जनम लेंगे उसकी कोख से...। कौशल्या माई का दर्जा मिल गया, इसे कहते हैं ऊपर वाले की किरपा !'' कोई कह रही थी।

कृष्ण जी की बांसुरी कूक उठी। गोपियाँ भाव विभोर हो गईं। बीच में कृष्ण चारों ओर गोपियाँ। नारियों ने गोल बाँधकर कृष्ण धुन शुरू कर दी थी—''देवकी का लाला देखो, गोपियन के संग रास खेले ! गोपियन संग रास खेले...।''

कृष्ण जी बाँह पकड़-पकड़कर दो-तीन को पकड़ लाए, पैरों की थाप

के साथ बाँसुरी की लय और चटकती तालियों की ताल। कृष्ण उन्मत्त हो गए थे, जगह-कुजगह छेड़ देते, चिबुक पकड़कर मुँह उठा देते। निर्लिप्त होकर बाँसुरी बजाने लगते। जिसने एक दरस पाया, जनम सफल हुआ। बाहर हरिकीर्तन हो रहा था। मर्दों की भीड़ छँट रही थी, पर औरतें चींटी की तरह वहीं चिपकी थीं। बड़ी रात तक रासलीला होती रही, तब कहीं बलराम ने कहा—''गोपीनाथ शयन कीजिए... !''

छतरपुर वाले की बिटिया रम्मी अपनी लाज किसी से नहीं कह पाई। साथ वाला भी कोई नहीं । सीधी हेम के पास पहुँची, ''हेमा दिदिया... ।'' कहते-कहते उसने हेम के दोनों हाथ अपने वक्ष पर कसकर दबा लिए। रम्मी बौराई हुई थी। ''नशा चढ़ा हेमा। तन की सुध-बुध न रही, आँखें मुँद गईं ऐसा तेज था। बेहोशी-सी होने लगी।''

''ऐसी भला क्या बात थी ?'' हेमा ने पूछा तो रम्मी ने पिछली रात कृष्ण के स्तनपान वाली घटना बतला दी। हेम का रोआँ-रोआँ भभर आया ...रोमाँच-सा हो आया। दौड़ी-दौड़ी वह गई और भगवान के सिंहासन के सामने माथा टेक दिया। प्रकृतस्थ होकर बोली—''रम्मी, मुझमें तेज समा गया है। न जाने कैसा लगने लगा था अभी। सचमुच बेहोशी छाई जा रही थी।''

मन में बड़ा अरमान लेकर हेम शाम की दरस-परस के लिए गई, माँ साथ में थी, फिर भी वह आगे बढ़ गई। लेकिन आज आदमियों की अटूट भीड़ थी। उस भीड़ में जब हेम ने शिवराज को अपने ठीक पीछे देखा तो पसीना छूट गया। पर ऐसा मौका कहीं बार-बार मिलता है ? बाबा लोगों के डेरों के पीछे नदी की दलान में वे उतर गए। अँधेरा गहरा था। दोनों इतनी निकटता पाकर खो गए। हेम आँखें झुकाए खड़ी थी और शिवराज थर-थर काँप रहा था। बाजामास्टर की हिदायतें उसके दिमाग में गूंज रही थीं, पर हिम्मत नहीं पड़ती थी। कैसे छुए...किधर से, कहाँ से...कैसे ? ऊपर सड़क पर गैस चमकी, रोशनी से बचने के लिए वह और नीचे खिसका, तब एकाएक उसका हाथ हेम की बाँह पर था...अपने सामने करके आँखों में झांकना—उसने हेम की दोनों बांहें पकड़कर उसे सामने कर लिया...प्यार से कुछ पूछा। वह धीरे से बुदबुदाया—''हेम !'' और हेम की क्वांरी सांसों की महक ने भाप की तरह उसके अस्तित्व को पूरी तरह से ढक लिया

...सांस कड़ी हो गई और दोनों के बोल सूखे गले में अटक गए। हेम के पैर उखड़ गए...।

शरीर तनी ताँत की तरह झन्ना रहा था...रम्मी के अनुभव से कहीं गहरा अनुभव। अपने को संभालते-संभालते वह शिवराज के पैरों में बैठ गई। उसके चरणों पर उसकी हथेलियाँ थीं...तपती हथेलियों का स्पर्श ! ऊपर सड़क पर फिर गैस की रोशनी चमकी। शिवराज ने तब पहला खत उसके हाथों में थमा दिया था, जिसमें एक तस्वीर लिपटी थी।

सचमुच वह कितना ऋणी था बाजामास्टर का ! हेम और शिवराज को पास ले आने का सारा श्रेय उसे ही था। बाजामास्टर ने जीत की हुँकार भरकर कहा, ''देखा, पहले मंत्र में चरनों में आ गई ! अब आगे अपना समझो-बूझो ! दो दिन गोता लगा जाओ, देखो तब कैसे मछली की तरह तड़पती है... !'' शिवराज को यह राय पसन्द नहीं आई थी। दो दिन ! कैसे रहेगा वह बिना हेम को देखे ! पर बाजामास्टर की बात उसे माननी पड़ी थी। वही तो सबसे बड़ा सहायक था, और फिर जिस स्कूल में वह संगीत मास्टर था, उसी के पिछवाड़े हेम का मकान पड़ता था। छिपकर आया-गया या चक्कर काटे तो जरूर पकड़ा जाएगा।

उन दिनों बाजामास्टर संगीत वाले गुरुजी कहलाते थे, आज से चार साल पहले। अच्छी तरह दिन गुजर रहे थे, पर कन्या विद्यालय के अधिकारियों ने एक सूरदास खोज लिए, बूढ़े और जरूरतमन्द। बाजामास्टर की नौकरी छूटी तो सबसे अधिक सदमा शिवराज को हुआ था। इस बीच बाजामास्टर ने न जाने कहाँ-कहाँ की खाक छानी; आखिर करम ने फिर यहीं ला पटका। इस बार वह रामलीला मँडली के साथ आए तो शिवराज ने इन्हें बहुत बदला हुआ पाया—और बाजामास्टर ने शिवराज को। चार साल पहले का शिवराज कितना बदल गया था ! वह आदमी हो रहा था। बाँहों के रोएँ काले पड़ रहे थे, अंग-अंग में कड़ापन आ रहा था। बाजामास्टर जैसे उतार पर था। अब एक ही धुन थी—''एक नाटक मंडली !''

''ऐसी नाटक मण्डली शिवराज, जो अपने पैरों पर खड़ी हो सके ! सब देख चुका हूँ...फाहिशाओं के चौबारों पर भी गाया-बजाया...नरक में रहा, पर जब भी हारमोनियम की कुंजियों पर अँगुलियाँ पड़ीं, सब भूल-बिसर

गया। इसकी आवाज न जाने कहाँ उठा ले जाती है शिवराज !" बड़ी गहराई से बाजामास्टर कहता।

"नाटक मण्डली बन सकती है।" शिवराज सहारा देता।

"बन नहीं सकती बनाना है...बनाऊँगा ! उस नरक से एक यही वरदान या शाप लाया हूँ शिवराज ! लीला कहती थी—मैं ठीक हो जाऊँ तब हम दोनों मिलकर चला लेंगे नाटक कम्पनी ! वह जानती थी कि मेरा यह सपना है...पर तब वह लाचार हो चुकी थी ! कहने को तो लीला वेश्या थी पर मेरे हारमोनियम को दोनों बाँहों में समेटकर, माथा टिका देती थी...उसके बाल ढक लेते थे कुँजियों को ! लीला कहती थी—'तुम इतना अच्छा बजाते हो फिर कोई नहीं आता !' और मैं उसकी हताश प्रशंसा का जवाब देता था—'तुम इतना अच्छा गाती हो, फिर भी कोई नहीं आता !' तब वह दूर अंधेरे आकाश को ताकती हुई कहती थी, "यह गाना-बजाना ढोंग है सब, सीधा व्यौपार करना चाहिए..., तभी उसने सोचा था, हम नाटक कम्पनी भी तो खोल सकते हैं...रूखा-सूखा खा लूँगी पर यह व्यौपार नहीं करूंगी, और कौन-सा धँधा है हमारे लिए...लेकिन वह हार गई—एक तरफ भूख और मौत खड़ी थी, दूसरी तरफ जिन्दगी और खुशहाली ! उसने तन का सौदा करके जिन्दगी को ही चुनना मंजूर किया ! क्या बुरा किया उसने शिवराज ! कितनी बड़ी सौगात होती है, जिन्दगी ! पर खुशहाले की जगह भयंकर रोग ने उसे डस लिया ! अपनी भरी जवानी के आखिरी-खोखले दिनों में वह मुझसे भजन सुना करती थी...मीरा और सूरदास के भजन ! घबराकर पूछा करती थी—'मैंने गलती तो नहीं की, जिन्दा रहने के लिए किया था यह सब ! तुम तो गवाह हो ! कम्पनी बन सकती तो मैं सिर्फ तुम्हारी होकर रहती...बोलो, मुझ पर विश्वास करते हो...बोलो, चुप क्यों हो... ?" कौड़ी की तरह निकली हुई उसकी आँखें मुझे हमेशा घूरती हैं। बार-बार कहती हैं—कम्पनी बन सकती तो मैं सिर्फ...कहते-कहते बाजामास्टर चुप हो गया—"सिर्फ...एक नाटक कम्पनी !" फिर एक गहरी साँस खींचकर उसने बताया—"इसीलिए इस रामलीला मण्डली में चला आया...वह सूरदास और मीरा के भजन सुनते-सुनते मरी थी। मेरी मीरा मर गई थी शिवराज ! मेरी मीरा विष नहीं झेल पाई—हँसते-हँसते उसने विष का प्याला पिया था। मन नहीं लगता शिवराज ! मीरा लीला..."

बाजामास्टर के बारे में जब भी शिवराज सोचता है तो उसके सामने वही दृश्य सबसे पहले नाच जाता है—हेम उसके पैरों पर हथेलियाँ रखे है ...और बाजामास्टर नदी के पुल पर उसका इन्तजार कर रहे है।

कलंकी अवतार के समय बंसिरी तीसरी बार दिखाई पड़ी। सरनाम देखकर अवाक् रह गया। कितनी निखर आई थी बंसिरी; गजरों से लदी, बनी-ठनी बंसिरी। उसकी चाल में मद था। सरनाम ने देखा, आँखें मिलीं, लेकिन वह आँखें चुरा गई—उसकी काजल रची आँखें सरनाम के दिल में उतरती चली गईं। कृष्ण की गोपियों में सबसे ज्यादा जँच रही थी, चँवर डुलाते समय उसकी गोरी बाँह मुड़ती तो जैसे रोशनी बिखरती थी। एक क्षण के लिए सरनाम का माथा झुक गया, उसे लगा वह बंसिरी नहीं...और अगर है भी तो अब बेहद दूर चली गई...मोबिलआइल, ठर्रा और पेट्रोल में बसी उसकी काया उस चन्दन की सुगन्ध को सह नहीं पाई। बंसिरी कितनी दुर्लभ...दुर्लभ और दूर हो गई। उसकी आँखों में कोई परछाईं तक नहीं उभरी।

चँवर रखकर उसने कृष्णजी का पीताम्बर संभाला, उनकी ओर देखकर धीरे-से मुस्कराई...सरनाम भीड़ चीरकर और आगे बढ़ा। भ्रम तो नहीं, पर नहीं, उसकी आँखें धोखा नहीं खा सकतीं ! कई बार उसने कोशिश की; पर बंसिरी ने नहीं निहारा। उसके लिए खड़ा रह सकना संभव नहीं था। जिस पुरानी मोटर पर वह रंगीले, छदामी और भगीरथ जोतिषी के साथ आया था, उसी पर अकेला लौट गया !

पलटन में धर्म गुरु शिक्षा दिया करते थे—कभी मन में नहीं समाई पर आज सहसा उसे लगा कि वह कहाँ पहुँच गया है। डकैतियाँ, दड़ा, नाजायज शराब और शिवराज...पड़ा-पड़ा वह यही सोचता रहा—शिवराज से कहेगा, तू अपने घर जा अब, बस, बहुत हो लिया। युद्ध के बाद जब वह लौटा था तब जिन्दगी बिताने की तस्वीर उसके सामने थी, पर सब बदल गया, सब बिगड़ गया। आज उसे लगा कि बंसिरी औरत होकर भी कितनी ऊँची उठ गई, और वह !

तभी गालियाँ देता हुआ रंगीले भीतर दाखिल हुआ। सरनाम चुपचाप लेटा था, ''क्यों कुछ तबीयत खराब है ! हम मर गए पदते-पदते, कहके चले आते...''

''सवारियाँ तो थीं !''

''पैसा तो नहीं था, हुआ क्या ? वह जोतिषी जी अड्डे पर खड़े रो रहे हैं तुम्हारे नाम को...''

''सुबह देखा जाएगा।''

''मतलब की बात है ! उन्हें इस सब में गोल-माल नजर आ रहा है ! शक हमें भी है !''

बिजली की तरह एक विचार सरनाम के दिमाग में कौंध गया—बंसिरी और गोपी ! यह बात दिमाग में आई ही नहीं वह तो देखता रह गया था।

अगर-धूप की सुगंध में बसी बंसिरी ! वृन्दावन की ग्वालिन बंसिरी ...कुछ सोच ही नहीं सका। चन्दन-सा रंग और पवित्र हँसी...काजल लगी कजरारी आँखें, मन में बसे कृष्ण की सहचरी...जैसे सपना हो और उसी सपने की हालत में वह घर लौट आया था। आज अपने दोष पहचाने थे। रंगीले की बात से उसकी आँखें चमकीं—घर में ताला मारकर अड्डे पहुँचा। भगीरथ ज्योतिषी, छदामी, बारेलाल, लपकना, ताहिर और लड्डुन मिसकौट में शामिल थे। बड़ी रात तक रहस्यमय ढंग से बातें चलती रहीं—सर्वदानन्द आश्रम वालों से वह अभी जूझा था बोला, ''यह सब ढोंग है ! हिम्मत करो तो अभी कलई खोल दी जाए सालों की...'' कहते-कहते उसके सामने बंसिरी थी, वह उसे नंगा कर देगा, उन काजल लगी आँखों में मिर्च की बुकनी छिड़क देगा, कृष्ण की पीठ पर हण्टर चटकाता हुआ लाएगा और बंसिरी को...

''कल छतरपुर वाले की लड़किनी के दूध पकड़ लिए ! अम्मा-अम्मा कह के...'' छदामी ने बताया।

'यह सब घोर अन्याय है धर्म के नाम पर...'' ज्योतिषी जी ने लूकी लगाई।

''आसरम वाले महन्तो का हाथ है इसमें...'' सरनाम को पानी पर चढ़ाने के लिए ताहिर ने जोड़ा। पर सरनाम के सामने सिर्फ बंसिरी थी ... उसकी बांह मरोड़ दी है...सिल्क की अंगिया फाड़कर उसके शरीर को नाखून से चींथ डाला है, उसका बदन नीला पड़ गया है...निस्सहाय बंसिरी उसके सामने टूटी हुई खड़ी है ! केवल विध्वंस...

और मैदान के बाहर इमली के पेड़ पर सात आदमी छुपे हैं...जनता

वापस जा चुकी है। कृष्ण-मण्डली सामान बटोर रही है। आज भगवान अन्तर्ध्यान हो रहे हैं। वह करेगा अन्तर्ध्यान ! अंधेरी रात और इमली के झाड़ में छुपे सातों लोग। तने की ओट में तेल पिलाई लाठियाँ टिकी हैं, वह देख रहा है—बलराम बंसिरी से ठठोली कर रहा है, एकदम बोला, ''कूद पड़ो...''

सवर किसे था। गद-गद सातों जमीन पर थे। इमली थर्रायी और कृष्ण-मण्डली के गोपों पर लाठियाँ बरस पड़ीं। बाबा लोग चिमटा लेकर कूद पड़े, चार-पाँच बाबा खड़े दूर शान्ति-शान्ति पुकारते रहे—सब तितर-बितर हो गया। चढ़ौती लूट ली गई। पुलिस के आने तक कृष्ण-मंडली के लोग भाग खड़े हुए थे। गोपियाँ नदारद थीं—सिर्फ बलराम जमीन पर पड़े कराह रहे थे। पुलिस आने की बात सुनकर सरनाम और बाकी साथी जेल वाली सड़क से घूमकर शहर पहुँच गए। बाद में बलराम की शनाख्त हुई—निकट के एक गाँव का कोरी था, जो बहुत दिन पहले किसी रास मण्डली के साथ गाँव छोड़ गया था।

बंसिरी का कोई पता सरनाम को नहीं लगा। शायद उसे धोखा ही हुआ हो ! अगर वह होती तो मिलती जरूर—कम से कम उससे पूछती कि सोरों वाले मेले में कहाँ रह गया था ? बात देके क्यों नहीं आया ? कितना इन्तजार किया मैंने...वह जरूर मिलती...अवश्य ही उसे धोखा हुआ है।

इस घटना का शोर बस्ती में मच गया, लेकिन कोई गिरफ्तारी नहीं हुई। कृष्ण-मंडली के कुछ बाबा लोगों ने आश्रम वाले महन्तों से मिलकर मामले को आगे बढ़ाने की कोशिश की; पर सफल नहीं हुए। बलराम अस्पताल से छूटकर यहीं बस गए। सरनाम के पास उठना-बैठना हो गया उनका...

...चायवाली दूकान पर शतरंज की बिसात बिछी थी। रंगीले मठिया पर से गाँजे का दम लगाकर आया था—''बम, बम...क्या लपट उठी कि चिलम मशाल हो गई...''

शतरंज में मशगूल खिलाड़ियों ने नहीं सुना। तब तक बगल वाली दुकान के सामने खंजड़ी खनक उठी—एक बगल से झोला लटकाए, सिर पर गंजी की सफेद टोपी और माथे पर तिलक—घुटनों तक धोती और बदन पर एक फतुई...इन्हें लोग अच्छी तरह नहीं पहचानते। दो-एक बार यहाँ दिखाई

पड़े थे। सुना, बड़े भक्त आदमी हैं। साधु समागम में विश्वास रखते हैं और 'सतसंग माला', 'नारी प्रबोधिनी माला', के लेखक कवि हैं। जिले-भर में होने वाली सभी सतियों पर इनके कवित्त मशहूर हैं। सरसुती जिह्ला पर बिराजती है। खंजड़ी पर जोर की थाप देकर कवि जी ने झोले से किताबें बाहर निकालीं, उन्हें बाएँ हाथ में पकड़ा और दाहिने हाथ को कान पर रखकर अलाप किया—आं...आं...

सतियाँ ही इस देश की, हैं अनमोल विभूति !

जिनकी शक्ति ने आज तक, मिली किसी को कूति !

फिर राधेश्याम की रामायणी चौपाई की लय में उन्होंने 'अगला हवाल' प्रस्तुत किया—

हमने यह कवित्व खुद जाकर ले सच्चा हाल बनाई है !

आशा है इसमें झूठ बात रुपये में एक न पाई में ! !

सज्जनो ! गौंद, जिला मैनपुरी की सती शान्तीदेवी के सतीत्व का सच्चा चमत्कार ! यह घटना बिल्कुल सच्ची है, इसका किस्सा खुद गौंद जाकर दरियाफ्त किया गया है और शेष समाचार सरस्वती जी की कृपा से खुद आँखों देखा जैसा लिखा गया है...तो हे धर्म के मानने वालो ! बिल्कुल सरल भाषा में, अरु राधेश्यामी तर्ज में सुनिए—

फर्रूखाबाद अरु मैनपुरी, यू. पी. के हैं मशहूर जिले !

या यों कहिए तम्बाकू के अच्छे सच्चे मजबूत किले !

हैं इन्हीं जिलों की यह घटना जो आगे मित्र सुनाता हूँ...

चारों तरफ भीड़ जुटने लगी थी और कवि जी कान पर हाथ रखे अलाप ले-लेकर एक-एक छन्द गा रहे थे—

'सत्ती के पद पाने हित बीए की कुछ न जरूरत है !

हो अगर पढ़ी हो हर्ज नहीं, यह और भी अच्छी सूरत है ! !

जुटी हुई भीड़ के सर कविजी की बात के अनुमोदन में हिल गए, 'सच्ची बात है, सत्ती के लिए बिल्कुल जरूरी नाई !''

कविजी का हौसला बढ़ आया था, पूरे गले से वे सती शान्तीदेवी की गाथा सुना रहे थे। गले की नसें फूल आई थीं। भीड़ दत्तचित्त सती कथा सुन रही थी...

''सत्ती जी की जै...गौंद की सत्ती की जैऽऽऽ...' भीड़ ने अन्त में गेंदा

कवि की आज्ञा का पालन किया और उनका आखिरी बयान सुनने के लिए उत्सुक-से ताकने लगी। गेंदा कवि ने छपी हुई दुअन्निया पुस्तक को जनता की आँखों के सामने करते हुए गाया—

'असली की दरकार है, अगर आपको मित्र !

तो पुस्तक पर देख लो 'गेंदाजी' का चित्र ! !

कीमत दो आने ! सिर्फ एक दुअन्नी ! और भाइयो !

पढ़कर लो जनम सुधार सत्ती की सत्य कहानी !

सत्ती की सत्य कहानी, सतियों की मान बढ़ानी ! !

प्यारी माताओं और बहनों के वास्ते ले जाइए। उन्हें पढ़ाइए ! दस बीस किताबें हाथों-हाथ बिक गईं। तर्ज बहर में प्रचार गान का बड़ा असर पड़ता है। पैसे जमा करके गेंदा कवि ने जेब में डाले और एक बार फिर लोगों की ओर ताका—अब बिक्री का कोई डौल नहीं, कन्धे की डोरी में झूलती खंजड़ी उनके हाथों में थी और अँगुलियाँ तर्ज बहर का राग छेड़ रही थीं। खंजड़ी में पड़ी झुनकियाँ धीरे-धीरे बजती जा रही थीं। चौराहे पर आकर गेंदाकवि खंजड़ी बजाना रोककर किसी के इन्तजार में खड़े हो गए थे। एक ने गेंदाकवि को देखते हुए मोहरा हाथ में पकड़कर कहा—‘‘आज सराय में जशन होगा कोई ?’’

‘‘कैसे !’’ दूसरे ने मोहरा चलने का इशारा करते हुए पूछा।

‘‘गेंदाकवि आए है, सराय में ही ठहरे हैं आकर, कोई चमूना ...माल बेटा...माल !’’

तब तक अड्डे से सरनाम आया। वह शतरंज वालों के पास ठिठक गया। उधर से मगन मिस्त्री रुककर गेंदाकवि के पास अटक गया। सरनाम को कुछ खला, मगन ने उसे देखा था, जैराम तक नहीं ! रंगीले दुकान की पटिया पर अधलेटा एक मुर्गी की टाँगों के बीच आँखें गड़ाए न जाने क्या खोज रहा था। ‘‘मर जाएगा साला एक दिन !’’ सरनाम बोला। सुनकर एक ने जोड़ा, ‘‘पगला जाएगा, ज़रा गर्मी और बढ़ने दो...’’ अपनी हरकत पर कसे हुए नूक्के सुनकर रंगीले बत्तीसों दाँत निकालकर हँस पड़ा।

मगन मिस्त्री ने गेंदाकवि से केवल दो-तीन क्षण कुछ फुसफुसाकर बात की और कुछ रहस्य-भरा इशारा करके इधर चला आया। सरनाम को जैराम किया और बैठ गया। बैठते ही एक ने पूछा—‘‘कोई डौल है ?’’ मगन मिस्त्री

मुस्करा दिया ! सरनाम ने बात भाँप ली, रंगीले की ओर देखा और मन ही मन कुछ तै किया।

"देखा है !" सरनाम ने मगन मिस्त्री से पूछा।

"हूँ...आज ही आई है !" मगन ने कहा।

"कहाँ की है ?" इसका उत्तर मगन ने हाथ के इशारे से दिया—पता नहीं।

"जाओगे..." उत्तर में मगन ने अनिच्छा जताई। पर सरनाम जानता था, वह जाएगा जरूर ! मगन मिस्त्री भला चूक जाय। मगन ने कहा, "बड़ा घड़ियाल व्यौपारी है ! पंजाब तक व्यौपार करता है, पचासों निकाल दीं..."

"शकल से नहीं लगता !" सरनाम ने कहा।

"एक से एक अव्वल लाता है...किस्मत जबर है, इन्दर का अवतार कविराज ! हर वक्त दरबार भरा रहता है। कहता था—मेनका है मेनका !"

शाम को सरनाम जब सराय पहुँचा तो मगन मिस्त्री कुएँ वाली कोठरियों की ओर जाता नजर आया।

गेंदाकवि भी बाहर निकल आए थे। सरनामसिंह का व्यक्तित्व देखकर उन्होंने प्रशंसा-भरी नजरों और मीठी जुबान से राम-राम किया। बात करने की सुविधा के लिए वे दोनों पजावे की ओर चले गए। गेंदाकवि उसे समझा रहे थे—"खतरा नहीं है सिंघजी, मन से आई है। इसमें व्यौपार की बात नहीं, असलियत है। किसी भी तरह का झगड़ा-टंटा नहीं, मन माफिक रखिए ...सुन्दरापन के लिए, क्या पूछना, अहा हा ...देख भर ले सिंघजी। किस्मत की बात है जो इस तरह आ गई ! ठाकुर जमींदार के ही लायक है सिंघजी, लेकिन सबसे ऊपर पैसे का जोर। मैं खुद ऐरे-गैरे के हाथ नहीं देना चाहता, आप ही अपने चरनों में डाल लें...उद्धार हो जाए बिचारी का !" कहते-कहते गेंदाकवि भावुक हो आए थे। जैसे उनके भीतर दया का समुद्र उमड़ आया हो और उनकी परोपकारी वृत्तियाँ कुछ उपयोगी कर सकने के लिए अकुला रही हों।

"देखा जाएगा !" कहकर सरनाम चुपचाप चला आया। और वह सोच रहा था—यह एक तरीका हो सकता है...रंगीले जनम-भर के लिए गुलाम हो जाएगा। पुलिसवालों की तरफ से भी कुछ राहत मिलेगी और फिर साथ

में एक आदमी बढ़ता है ! मान तो फौरन जाएगा, भूखा घूमता है...सुनकर बौरा जाएगा...सर के बल चलकर आया करेगा ! पर एक तस्वीर—एक अधूरा महल उसके सामने उभरता है ! स्वयं उसका महल जो बनते-बनते रह गया ! अच्छा ही हुआ। ये सब झंझट उसके बस के नहीं। फकतदम सबसे अच्छा। न मौत का डर न होनी-अनहोनी का ! और फिर जहाँ पैसा डाला, वहाँ सब है। कमी क्या है ? बँध के रह सकना उसके स्वभाव में भी नहीं; यही सब करना होता तो माँ-बाप के जीते जी करता। उनकी आँखें भी सिरा जातीं ...छोटा-सा एक घर बनाता, वहीं गाँव में रहता और जीवन काट लेता ! पर जो नहीं होना था, उसके लिए चिन्ता या अफसोस कैसा ? उसे किसीने रोका तो नहीं था, आज भी वह चाहे तो सब कुछ हो सकता है। उसका अपना घर ! गोबर लिपीं दीवारें और घर की शीतल छांह ! हर वक्त किसी की दो आँखों का पहरा—कम-से-कम एक बार तो जी लेता ऐसे ! एक बार ...दोषी भी कौन है, स्वयं उसके सिवा ! ये लड़की...नहीं, बिल्कुल नहीं.. .न जाने किस-किसके साथ...और फिर बाँहों में बल होगा तो खुद भगा लाएगा ! ऐसे नहीं...दूसरे दिन सराय के बड़े फाटक के नीचे सब शौकीन जमा हुए थे। इस सराय में न जाने कितने काम होते हैं ! मगन मिस्त्री धारीदार पैजामा और तंजेब का बेलबूटेदार कुरता पहने था...आज ही बाल कटवाए थे—कलाई में बेले का हार और आँखों में दारू की मस्ती। संगमलाल तमाखू वाले, अपने को गुप्ता कहते थे—आँखों में सुर्मा डाले, सैन्चुरी की लकदक धोती पहने, खस के इतर से महक रहे थे। दीनानाथ तारकशी वाले इन लोगों की तड़क-भड़क देखकर तारों से छिली हुई अपनी अंगुलियाँ देख रहे थे और अमजद अली किसी पैसे वाले की पैरवी करने के लिए बारी-बारी से एक-एक का मुँह ताक रहे थे। क्योंकि मुसलमान होने के कारण उनका सिप्पा नहीं बैठ सकता।

रंगीले सरनामसिंह के साथ एक ओर उकड़ू बैठा था। आखिर सब शौकीन एक-दूसरे को अपनी दरियादिली दिखाते हुए पराठे वाले की बेंचों पर जम गए...गेंदाकवि खुद इधर आएंगे, यही कहलवाया है। मगन मिस्त्री ने कच्ची शराब की एक बोतल सामने रखी और दौर चल पड़ा...खाने-पीने के दौर के बाद सभी शौकीन अंधेरा होते ही सराय में दाखिल हुए। कोठरी में एक दीया जल रहा था...कोने में पड़े तखत पर दीये की मटमैली रोशनी

में एक स्त्रीकाया गठरी बनी थी। सिसकियों से उसकी पीठ कुछ हिल रही थी। खुले पैरों की अंगुलियों में बिछुए थे, पैर महावर से रंगे थे, एक लड़ी की पायलें पैरों में पड़ी थीं—देखते ही रंगीले ने सरनाम के कानों में फुसफुसाकर कहा—'ये झंझट का सौदा लगता है, ब्याहता है शायद...''

''अकल नहीं है तो चुप रहा कर !'' सरनाम ने प्यार से डांटा। गेंदाकवि ने उन दोनों की ओर देखा और बोलने लगे, ''बिटिया देख ! इन लोगों से सरम कैसी...सब अपने हैं ! मुसीबत में काम आने वाले कहां मिलते हैं ! ये सब हमारे दुर्दिन के साथी हैं...'' कहते-कहते उन्होंने एक नजर सभी पर कुछ इस तरह डाली जैसे वे लोग परोपकार करने आए हों और सबसे ऊपर वह खुद इसीसे प्रेरित होकर इतनी मुसीबत उठा रहे हों। फिर बोले, ''एक नजर उठाकर देख बिटिया, ये सब अपने हैं...मगनलाल मिस्त्री, दीनानाथ, ठाकुर साहब...पराया कौन है ? देख तो एक बार...''

सरनाम ने एक गहरी नजर उस लड़की पर डाली, जिसकी सिसकियाँ अभी तक बन्द नहीं हुई थीं। उसका मन उचट गया—पत्थर-सा दिल पसीज आया...मन हुआ रंगीले से कह, ''उठ चल...'' पर रंगीले की आंखें उधर ही गड़ी हुई थीं...उनमें भूख अपना मुँह फाड़े बैठी थी !

मोटर इंजन की तरह उसका माथा जलने लगा। सब बकवास है ! यह सब क्या है ? जैसे कसाई बकरी खरीद रहे हों। लेकिन और होगा भी क्या इसके साथ ! बिक्री न हुई तो यहीं किसी कोठरी में पेशा करेगी... या दर-दर भटकना...जब तक जवानी है, तब तक...और उसके बाद ? कल्पना मात्र से उसे रोमांच हो आया। आखिर किसी के साथ तो पड़ेगी...शायद मगन के ही, जेब से वही कर्रा है...पिछली औरत की तरह उसका भी हाल करेगा। ताड़ी पी-पीकर पीटेगा और किसी दिन ये भी पेट में बच्चा लिए जहर खाकर या फांसी लगाकर जान दे देगी...

तब तक भीतर से सब लोग बाहर आ गए। रंगीले बांह पकड़कर सरनाम को दूर अंधेरे में खींच ले गया और कुछ भी कहने की बजाय सिसक-सिसककर रोने लगा। सरनाम भौंचक्का रह गया...सचमुच रंगीले रो रहा था, उसकी आँखों से लगातार बूंदें टपकती जा रही थीं। सरनाम ने हाथ पकड़कर पूछा तो केवल इतना कह पाया—''चलो ददुदा...बाहर चलो...'' सरनाम के लिए कुछ भी समझ सकना मुश्किल हो रहा था, और रंगीले सिसकता जा रहा

था, उसके सामने थी वह लड़की।

गेंदाकवि उसकी टाँगों में हाथ डालकर घुसा हुआ मुंह जबरदस्ती ऊपर उठा रहा है...पर बार-बार वह चेहरा घुटनों में धंस जाता है। हल्की-सी एक झलक उन लोगों को दिखाई पड़ी, गोरा रंग...सिसकियाँ... ''इनसे सरम कैसी !'' गेंदाकवि के शब्द, पुचकारना-मानना। ''नखरे दिखा रही है...ज़रा मेरे साथ अकेला छोड़ दो...दो मिनट में हरा कर दूं...'' मगन मिस्त्री की बात उसके कानों में चुभ रही है, फिर थोड़ी जबरदस्ती...सर से पल्ला सरक गया है...पसीने में पल्ला भीगे हुए बाल और माथे पर बहकर आई हुई खून की तरह सिन्दूर की लकीर...इधर-उधर चिपके हुए रोएं और भौंहों की रोक से टपकती हुई पसीने की बूंदें, आंखों से बेबसी में ढरके हुए आंसू...पपड़ाए ओंठ और भरा हुआ चेहरा...दोनों हाथों की अंगुलियों से अपना मुख छिपा लिया है ! वे अंगुलियाँ कातर की तरह चेहरे पर चिपक गई हैं। गेंदाकवि नहीं खिसक पाया...जैसे अंगुलियों की उन छड़ों के पार वह सुरक्षित हो ...उसका मुर्दा रूप सुरक्षित हो...और जलती हुई मोमबत्ती की तरह उन आँखों से बूंदें अब भी टपक रही हैं...अब भी...अब भी...

और रंगीले रोए जा रहा है। सरनाम खड़ा असमंजस से देख रहा था ! ''बोलता क्यों नहीं, कुछ बोलेगा कि यूं ही रोता जाएगा ?'' सरनाम से भिड़कते हुए कहा । 'मुझे वह नहीं चाहिए...मैं नहीं चाहता, बस वापस चलो घर !' रंगीले बोला।

''आदमी की तरह रह, इस बखत देवताई सूझ रही है...शाम को फिर पागलों की तरह ताक-झाँक करेगा !'' सरनाम ने बड़प्पन के लहजे में कहा और बाहर लौट आया।

कोठरी के उढ़के हुए दरवाजे के पीछे खड़ी छाया अपने भाग्य का फैसला सुन रही थी ! दीए की रोशनी की लकीरें जो दरवाजे की सधों से फूटकर बाहर जमीन पर पड़ रही थीं, वे भी उसकी छाया ने सोख ली थीं, उसी तरह जैसे अभी तक अपने पथ की प्रकाश वह स्वयं ढकती आई है ! इस क्षण वह अपने को न जाने कितना हताश महसूस कर रही थी। उसकी सारी चेतना उन लोगों की बातों की ओर उन्मुख थी...

''अच्छा लो ! पाँच सौ पर तोड़ होता है ?'' सरनाम ने कहा । गेंदाकवि भी सरनाम के लिए ज्यादा ढुरक रहे थे।

चार सौ के नोट रंगीले के हाथ में देते हुए सरनाम ने कहा था, 'चुका रुपये रंगीले !' फिर गेंदाकवि से बोला था, "एक सौ कम हैं, जब तक ये रुपया पूरा नहीं चुका देता तब तक तू रख इसे !" कहकर सरनाम उठ खड़ा हुआ था। गेंदाकवि ने फुरसत की सांस लेते हुए कहा—'ठीक है ठाकुर साहब ! इसमें कोई हर्ज नहीं !" फिर कोठरी की ओर देखकर उसने बड़े हर्ष से पुकारा था, 'बंसिरी बिटिया किस्मत खुल गई तेरी...'

बंसिरी का नाम सुनकर सरनाम के पैर काठ हो गए। बंसिरी, कौन बंसिरी ! और दूसरे ही क्षण उसे लगा कि उसने क्या कर डाला है ? और कौन होगी उसके सिवा ! लेकिन न जाने-क्यों मन खट्टा हो आया। नौटंकी की बंसिरी और सत्तार। और फिर कृष्णमण्डली के साथ बलराम से आंखें लड़ाती हुई...जो उसे पहचानकर भी नहीं पहचानना चाहती थी। और फिर गेंदाकवि के साथ रही हुई बंसिरी...न जाने कितने गेंदा, बलराम और सत्तार ! और उस दिन का वह घमण्ड ! और उसका मन प्रतिहिंसा की वहशी खुशी से भर गया ! एक अभिमानभरी तृप्ति और एक अनूठे सन्तोष से, पर मन में कहीं कसक भी थी। बंसिरी से भला हार-जीत क्या ? और फिर औरत से !

लेकिन चलते-चलते उसे लग रहा था जैसे भीतर सब खाली हो, खोखला ...एक खाली मकान जैसा...ऐसा मकान, जिसमें रहनेवाला सुधि का पाहुन एकाएक चला गया हो और सांय-सांय करती गरम हवा के थपेड़ों से घर के दरवाजे और खिड़कियों के पल्ल भटाभट दीवार से टकरा रहे हों...

और रंगीले पाँच सौ रुपए का कर्जदार होकर बंसिरी को ले आया ! मोटर अड्डे के सामने वाले कच्चे मकान में उसने अपनी गृहस्थी जमाई। सरनाम हमेशा यही सोचता रहता...उसने अच्छा किया, नहीं...नहीं, उसने बुरा किया...शायद कुछ भी नहीं किया, न अच्छा न बुरा !

पर बड़ी मुश्किल से आई थी बंसिरी...रंगीले की बात जानकर उसने गेंदाकवि से इनकार कर दिया था, कहा था—'मैं जहर खाऊंगी, मैं भाग जाऊंगी ! रात में गला घोंट दूंगी तेरा !' पर गेंदाकवि पुराने घाघ थे; सब जानते थे कि कितनी देर का उफान है...डेढ़ दिन कोठरी बन्द किए यूंही पड़ी घुटती रही, उस गर्मी और अंधेरे में।

और उसी रात पुलिस के एक दीवान जी सराय में आए थे; तब उसने

जाना था कि वह क्या है, उसकी क्या हस्ती है। इससे अच्छा है उस सरनाम की हिकारत सह लेना...उसके सामने नीची निगाह करके जीवन-भर एक-सहारे जी लेना—कभी कुछ कह तो पाएगी—और कर भी क्या सकती है ?

दीवान जी ने शहर की पूरी मिल्कियत उसे सौंपते हुए बड़ी इज्जत से कहा—'बेखटके रहिए शहर में, जब तक जाहिद दीवान है तब तक परबंदा पर नहीं मार सकता ! मौज कीजिए...वक्त जरूरत याद फर्माइएगा।' पर उसके मुंह से आती हुई दारू की महक ने उसकी सांस रोक दी थी और सचमुच मुर्दा बंसिरी ने वह रात...तब एक विचार कौंधा था—अपने को बड़ा अफलातून समझता है सरनाम ! बेईमान...दगाबाज ...इज्जत से खेल गया कमीना ? कैसे-कैसे सब्जबाग दिखाए थे मेले में, कितना इन्तजार किया था उसने, दगा देकर भागा था...और आज पहचान कर भी...'जब सबने कोठरी में देखा था तब उसने भी देखा होगा...तब भी दूसरे के हाथ बिकवाकर जलील करना चाहता था। खुद पैसे लगाए...और...जब तक रुपया पूरा नहीं चुका देता तब तक तू रख इसे !' इज्जत का ठेकेदार बन गया था ! औरत पुकारता था, जैसे उसकी कभी कुछ भी नहीं रही !...औरत ! अभी जानता नहीं औरत कितनी खूँख्वार होती है ? अब औरत बन के ही रहेगी और एक दिन देखेगी उसे...बताइएगी उसे कि वह सिर्फ औरत है !

और उस रात उसने जाहिद दीवान को खुश कर लिया था—कुछ इस तरह उसे घेरने की कोशिश की थी कि वह हाथ में रहे...चलते-चलते जब उसने कहा था, ''बेखटके रहिए शहर में !' तब उसकी छाती भविष्य में होने वाली जीत के गर्व से फूल आई थी। वह सरनाम को सिखाएगी, उसे एक सबक देगी...

पर निडर सरनाम उसकी आंखों के सामने घूम जाता है। बलिष्ठ सरनाम पत्थर की लाट की तरह खड़ा होता है...सीने पर कसी हुई कारतूसों की पेटी, बन्दूक से खिलौने की तरह खेलता हुआ—धांय...धांय ...दस-बीस-तीस. ..धांय...धांय...अविचलित सरनाम ! खतरे में भी सरदार की लाश को चादर की तरह कन्धे पर डाले हुए वह ओझल हो गया और तब हाथी डुबाऊ तालाब में झम्म ! सरनाम नहीं, कोई चट्टान तालाब की छाती पर गिरी थी ...गांव-भर गूंज गया, चार सौ आदमियों का घेरा, पर वह यह गया, वह गया...रोआं तक न छू पाया कोई, दिलेर सरनाम !

अंधेरी रातों में घुरघुराते इंजन के ऊपर बैठा सरनाम ! खाई-खड्ड.. .ऊबड़-खाबड़ सड़क...पर उसकी बांहें हैं कि ट्रक उछलता चला जाता है ! उसकी बाँहों की उभरी हुई नसें, पसीने से चिपकी हुई कमीज और थरथराती हुई मांसपेशियाँ—पथरीला शरीर...पिस गई थी वह...रग-रग निचुड़ गई थी, हड्डी-हड्डी चटक गई थी, और उस हड़फूटन का अनिर्वचनीय सुख ! कैसे लड़ेगी वह उससे ! मन क्यों डूब-डूब जाता है—उस पत्थर के शरीर को संभालने का मन होता है, बनाए रखने को जी करता है ! उसे छुए, उसपर हाथ पटके और चट्टानी सीने के नीचे दबकर मर जाए...कुचलकर मर जाए; पर उसे न बिखरने दे ! उस चट्टान पर एक खरोंच तक न आने दे !

और वह पागल हो जाती है। बदहवास-सी इधर-उधर ताकती है। अभी-अभी गुस्से में तोड़े हुए मिट्टी के प्याले के टुकड़े बटोर लेती है...कितना बड़ा पागलपन था...वह कभी नहीं तोड़ सकती उसे, और अगर तोड़ा भी तो फिर बटोर लेगी इसी तरह ! पर यह होता क्या है ? क्यों वह कुछ तै नहीं कर पाती ? शायद सरनाम कभी आए...अड्डे पर वह रोज उसे देखती है—टाट का पर्दा हटाकर वह खड़ी देखती रह जाती है...और करे भी क्या ? घर में और कौन है जिसके लिए कुछ करे। पूरा दिन यूं ही जाता है ! सौ-पचास बार सरनाम की आँखें उससे मिली हैं और पलकें झुकाकर वह या तो इमली की ओट हो गया या भीतर छप्पर में घुस गया। कभी भर आंख ताका नहीं...ताकेगा किस ताकत से। अपनी गलती महसूस करता है, पर साथ ही उस दिन शाम को वह कह रहा था इनसे—'जा...जा घरवाली की हिफाजत कर, बुत्ता दे जाएगी...' तब उसका मन हुआ था कि जाकर मुंह नोच ले उसका ! चमकती आंखों में सूजे भोंक दे ! वह बुरी तरह चिढ़ जाती थी। रंगीले सरनामसिंह के बारे में कुछ भी सुनने को तैयार न होता। अकेला शिवराज ऐसा था जिससे उसकी पटती थी। आदमियों के बीच में रहकर शिवराज किसी नारी की छांह के लिए तरस जाता...और बंसिरी में उसे सभी रूप एक साथ मिल गए थे—मां, बहिन और मित्र ! शिवराज उमर में छोटा पड़ता, फिर भी वह सब तरह की बातें कर लेता, हर बात बंसिरी से कहता और राय लेता। बंसिरी के लिए भी शिवराज बहुत बड़ा सहारा था, सरनाम के बारे में वह लगातार पूछती रहती और वह बताता रहता। ...सरनामसिंह अपनी बात खतम करके मंगल के साथ अड्डे पर आया।

शिवराज अड्डे पर खबर लेकर नियमानुसार बंसिरी के पास चला गया। आते ही बोला, 'चाची, आज फिर तैयारी हो रही है...वो मंगल आया है, घर पर सब तै हुआ है, मुझे जबरदस्ती अड्डे की तरफ टरका दिया...'

'मेरे पास आने को टोका होगा !' बंसिरी ने सबसे पहले यही बात पूछी क्योंकि वह जानती थी कि सरनाम शिवराज का उसके पास आना-जाना पसंद नहीं करता। एक बार उसने रंगीले से भी कहा था—कुछ मेरा भी खयाल करो...क्या तुमने सबकी खुराफातों में साथ देने का पट्टा लिख दिया है ! तुम्हारे सरनामसिंह तो अकेले फकद्दम हैं, पर तुम्हें कुछ हो गया तो मैं कहां की रह जाऊंगी !'' और उसी रात जब कच्ची शराब की बोतलें छुपाकर रंगीले ने घर पर रखी थीं तो उसने तूफान उठा लिया था !

इसी तरह के न जाने कितने झगड़े-टंटे रोज लगे रहते। बंसिरी सरनाम को ज़रा भी नहीं सह पाती। उसकी बात आई नहीं कि उसकी भौंहें टेढ़ी हुईं। और रंगीले इस कशमकश से परेशान रहता। समझ में नहीं आता कि वह आखिर क्या करे जो सब कुछ ढर्रे पर आ जाए।

शिवराज ने कहा, 'उनके टोकने से क्या होता है। जहां मन होगा जाऊंगा...देखो चाची, उधर देखो...' खिड़की का टाट वाला पर्दा हटाते हुए शिवराज ने मंगल को पहचनवाया था, 'यही आदमी है ! पिछली बार भी यही था !''

'कब जा रहे हैं ये लोग !' बंसिरी ने जानना चाहा, पर शिवराज को तारीख नहीं मालूम थी। नीचे अड्डे पर सरनामसिंह इंजन का हुड खोले कुछ देखभाल कर रहा था। मंगल पास खड़ा बीड़ी धौंक रहा था। थोड़ी देर बाद लारी छूटने का वक्त हुआ तो रंगीले दौड़ा-दौड़ा घर आया और छुपाकर रखी हुई खाली बोतलें एक बोरी में लपेटकर फुर्ती से वापस चला गया। भुर्र...भुर्र करके लारी स्टार्ट हुई और धूल का बादल छोड़कर सीधी सड़क पर खड़खड़ाती हुई चली गई।

'सुना दड़े में इस बार घाटा हुआ है !' बंसिरी ने मालूम करना चाहा।

'कल ही चार सौ कमीशन के मिले हैं, घाटे का सौदा भैया नहीं करते ! पर सुना है इस बार पुलिस पीछे पड़ गई है। आजकल चोरी-छिपे नम्बर लगते हैं और छिपाकर ही भुगतान होता है।' शिवराज ने कहा तो बंसिरी से न रहा गया, ''तुम आदमी हो रहे हो पर लड़कपन अभी नहीं गया—मेरी

बात मानो शिवराज ! जैसे भी हो अपने को अलग कर लो इन लोगों की मण्डली से, पढ़-लिख लिया है, तुम्हें कुछ और करना है। जजी-कलक्टरी में नौकरी तलाश करो...अपने भाई-भौजाइयों को छोड़े पड़े हो...आखिर वे ही काम आएंगे ! कोई ठिकाना है सरनामसिंह का ! जिले में रोज नई वारदातें होती हैं, आज यहां डकैती तो कल वहां कतल इस तरह कब तक खैर मनाएंगे ये लोग अपनी, आखिरी एक रोज पकड़ा जाएगा, तब क्या इज्जत रह जाएगी !''

'मेरा भी मन अब ऊबता है, लेकिन जब तक अपने पैरों न खड़ा हो जाऊं तब तक तो बड़ी मुश्किल है ! मुझे खुद लिहाज लगता है इस तरह रहते, लेकिन अभी कोई रास्ता नहीं...!'

'लिहाज की बात करते हो ! तुम्हें नहीं मालूम, लोग कैसी-कैसी बातें करते हैं तुम्हारे लिए ! मेरा भाई होता तो जहर दे देती, पर इस तरह की बात न सुनती...' बंसिरी का इशारा समझकर शिवराज लज्जित हो गया। शिवराज चुपचाप सुन लेता है। कहे भी क्या ? जब-जब बंसिरी उसे इस तरह धिक्कारती तब उसका किशोर पौरुष भीतर से हुँकार उठता है, और वह अपने को आदमी महसूस करने लगता है ! सचमुच उसे क्या बना रखा है सरनामसिंह ने !

और सरनामसिंह उसे हमेशा सिखाया करता है—'औरत से बड़ी खाई इस दुनिया में नहीं। आम की तरह चूस लेती है। आदमी वही है जो औरत से अपने को बचा जाए ! कभी उसके फन्दे में न फँसे। अपनी ज़िन्दगी जीना हो तो औरत को कोसों दूर रख...तन-बदन, धन-दौलत, ऐश-आराम की दुश्मन है औरत ! और फिर ऐसा क्या है जो पैसे से नहीं मिलता.. .औरत कब धोखा दे देगी, कब प्यार करते-करते तुम्हारी जान की दुश्मन हो जाएगी, कोई ठिकाना नहीं !'

लेकिन शिवराज को बंसिरी की बात ही ज्यादा जंचती है। जब उसके सामने हेम खड़ी हो जाती है, तब सरनाम की सारी बातें बड़ी उथली और बेइमानी लगने लगती हैं ! सारहीन, बेतुकी। और बंसिरी के पास बैठकर उसे एक अजीब-सी तृप्ति मिलती है, अद्भुत सलोनी-सी अनुभूति होती है—अपने सारे स्नेह के बावजूद बंसिरी कभी-कभी बड़ी रहस्यमयी हो जाती है। वह चाहता है कि बंसिरी के तन और मन में छुपे गुह्य भेदों को जान

सके...उसके तन को वह देखता रह जाता ! तरह-तरह की कल्पनाएं करता। और बंसिरी के तन के एक-एक रूपाकार की कल्पना से वह हेम के शरीर का अनुमान लगाता।

कई बार वह हेम के विषय में बताते-बताते रुक गया। पर एक रोज़ जब सरनाम ने उसे लड़कियों के पीछे घूमने की हरकत पर डांटा, तो वह आया था और हिचकते-हिचकते बंसिरी को सब कुछ बता दिया था, उस दिन से बंसिरी ने उसे और भी सहारा दिया था ! और सचमुच बंसिरी इस बात से दुखी होती थी कि सरनाम अपनी बिगड़ी हुई आदतों के कारण शिवराज को बिगाड़े डाल रहा है। उसकी स्वाभाविक गति को रोके हुए है, उसे गलत रास्ते पर डाल रहा है। जब भी मौका मिलता, वह शिवराज को ताने दिया करती, उकसाती और उसे अहसास कराती कि उसकी दशा एक गई-गुजरी औरत से भी बदतर है ! और वह बड़े गौर से देखती रहती कि शिवराज में स्त्रैणता के गुण आते जा रहे हैं ! शौकीनी बढ़ती जा रही है...आज भी उसने शिवराज को तर्जनी में अंगूठी पहने देखा तो कटाक्ष कर बैठी—'ये लड़कियों की तरह क्या अंगूठी पहन रखी है...' छंगुनी के नाखून पर नेलपालिश देखी तो चाकू लेकर छुटाने 'तुम लड़की हो जाओ शिवराज !' और इससे पहले कि बंसिरी चाकू से उसे छुटाए, उसने खुद अपने दांतों से उसे खरोंच डाला !

बात करते-करते बंसिरी अपने गांव के जवानों के किस्से लेकर बैठ गई...'बड़ा बांका जवान था अद्दा ! तेल-फुलेल नहीं, मिट्टी से रचा रहता था। गांव-भर की लड़कियाँ जान देती थीं उसपर—शेर की तरह घूमता था खेत-खलिहानों में। नीमवाले सैयद बाबा की दाढ़ी नोच लाया था, तब ले गाँव के सैयद बाबा को किसी ने नहीं देखा...लोगों ने कहा, 'अब खिला-खिला के मार डालेगा !' पर अद्दा हट्टा-कट्टा घूमता रहा। बाल-बांका नहीं हुआ उसका।

बंसिरी जब ऐसी सुनाती तो शिवराज अपने में सिमट जाता। उसे पछतावा होता कि क्यों हेम के बारे में वह सब कुछ बता गया। थोड़ी देर इधर-उधर की बातें करके वह उठता। सराय के होटल पर खाना खाता और बाजामास्टर के पास जा बैठता या शाम को घूमता-घामता अड्डे पर आ बैठता ...आजकल हेम कहीं किसी रिश्तेदार के यहाँ कुछ दिनों के लिए बाहर गई

हुई थी। अड्डे पर खासा मजमा रहता। मोटर की छतों पर ड्राइवर और क्लीनर गद्दियां बिछा-बिछाकर मोमबत्तियों के सहारे फ्लेश खेलने में मशगुल रहते। या किसी मोटर की छत पर किसी विरही ड्राइवर, क्लीनर या कमीशन एजेण्ट का किस्सा छिड़ा होता और ऊंची आवाज में गाना चलता—

गोरी मोहे जमना के पार मिलना...

गाता एक, पर ताल सब देते और फ्लेश खेलते लोगों की गरदनें भी उसकी ताल पर झूमती रहतीं। आखिर मोटर आने तक अड्डे पर जगह रहती थी, उसके बाद नशे में धुत्त लोग इस तरह सोते जैसे सांप सूंघ गया हो। दूर सड़क पर आती हुई लारी की रोशनी चमक उठी थी! अड्डे में थोड़ी जान आई, पर ज्यादातर लोग अपने-अपने सोने का इन्तजाम कर रहे थे। मंगल फ्री स्कूल की कार्निस पर इन्तजार में बैठा था। मोटर रुकते ही वह सरनाम के पास पहुँचा, उसका पारा चढ़ा हुआ था। रंगीले सवारियों का सामान उतारने के लिए ऊपर छत पर चढ़ गया।

हाथ झाड़ते हुए, थकन से चूर सरनाम जाकर तखत पर बैठ गया।

शिवराज को आज अकस्मात अड्डे पर देखकर आश्चर्य हुआ, बोला, 'क्यों—कोई बात है?' शिवराज ने कहा कि यूं ही चला आया तो सरनाम को थोड़ी खुशी हुई। उसे लेकर वह होटल को चल दिया। रास्ते में बोला, 'आज कितने दिन बाद तुम्हें हमारे साथ खाने की फुर्सत मिली है!' सुनकर शिवराज चुप रहा। होटल में पहुँचा तो डॉ. लालचन्द जमे हुए थे। सरनाम इन्हें पहचानता था, इसलिए कि ये खद्दर पहनते थे और सन् बयालिस के बाद जब वह लड़ाई से वापस आया तो लोग इन्हें नेताजी-नेताजी कहकर पुकारते थे। बीच में डॉ. लालचन्द कहाँ रहे, यह कोई नहीं जानता। डॉ. लालचन्द ने सरनाम को देखते ही पुकारा, 'कहिए सरनामसिंह जी, क्या हाल हैं?'

'सब ठीक है डाक्टर साहब!' कहकर वह खाने के लिए बैठने जा ही रहा था कि डॉ. लालचन्द ने कहा, 'आपसे मिलना था मुझे, यहीं मुलाकात हो गई...' और उन्होंने अपनी योजना सरनाम के सामने पेश कर दी—'शहर में चार अड्डे हैं। कम-से-कम तीन ड्राइवर और इतने ही क्लीनर होंगे, और बाकी काम करने वाले मिलाकर सौ-सवा सौ के करीब हो जाएंगे। इतनी बड़ी ताकत के होते हुए, हमारे जिले में एक भी मोटर यूनियन नहीं। आप सब लोगों के सहयोग से एक कर्मचारी यूनियन बन जाए, मोटर मालिक-यूनियन

मालिकों ने अपने स्वार्थों के लिए बना रखी है, लेकिन असली काम करने वाले बिखरे हुए हैं। जितना काम लिया जाता है ! उतना पैसा नहीं मिलता। नौकरी की मुस्तकली का कोई ठिकाना नहीं। जब जिसे जी चाहता है, मालिक निकाल बाहर करता है...सच पूछिए तो मजदूर और मालिक का झगड़ा हर जगह हर स्थिति में है। मुश्किल यह है कि मज़दूर संगठित नहीं होते, इसीलिए उनका शोषण होता है ! वे नहीं जानते कि उनकी लड़ाई क्या है ? कहां है ?'

'यह सब मैं नहीं जानता। मैं आदमी—मजदूर आदमी की लड़ाई हमेशा दूसरी जगह देखता हूँ—जिस लड़ाई की ओर आपका ध्यान है वह फैक्टरियों से भरे कानपुर, बम्बई या अहमदाबाद में हो सकती है, यहां नहीं। यहां सब जीने के लिए संघर्ष कर रहे हैं ! मालिक और मजदूर, वकील और मुहर्रिर, दुकानदार और नौकर—सभी एक नाव में हैं, और उस नाव के चारों ओर एक तरह का तूफान उमड़ रहा है !' सरनाम ने तलखी से कहा।

'ठाकुर साहब ! असल में लड़ाई की बात...' बीच ही में डॉ. लालचन्द की बात सरनाम ने काट दी, 'इन धर्म-मंडलियों से लड़िए डाक्टर साहब जो यहाँ के मेहनतकश लोगों को सोचने-समझने का मौका नहीं देतीं, इन ओझा और पाखण्डियों से लड़िए जो मजदूर के पसीने की कमाई चाट जाते हैं—इन ऊंची जात के कहे जाने वाले लोगों से लड़िए जो आदमी को आदमी नहीं बनने देते। इन मंडी वालों से लड़िए जो मुनाफे के लिए बरसात में गल्ले को गोदामों में बन्द करके बाहर भेजने के लिए रोक रखते हैं। जिला बोर्ड के उन अमलाओं से लड़िए जो स्कूल के बनने के नाम पर पैसा खा जाते हैं। चुंगी के अफसरों से लड़िए जो हैजे की रोक-थाम के लिए नालियों पर सिर्फ चूना डलवाकर दवाइयों का पैसा हजम कर जाते हैं—अस्पताल के डाक्टरों से लड़िए जो गरीबों के लिए मिलने वाले इंजेक्शनों को बेच लेते हैं, दवाओं में पानी मिलाकर रोग का इलाज करते हैं !'

इससे पहले कि डॉ. लालचन्द कुछ बोलें, कुछ रुककर सरनाम कहता ही गया—'उन सप्लाई अफसरों से पूछिए जो सीमेंट की बोरियाँ बनियों को बांटकर खत्म कर देते हैं। उन ठाकुरों से लड़िए जो अहिंसा और गाँधीजी के नाम पर जिला कमेटी के सभापति पद के लिए दस-बीस के सर तुड़वा देते हैं...उन नेताओं से लड़िए जो जातिवाद के नाम पर वोट बटोरते हैं...भूदान कमेटी के अधिकारियों से लड़िए जो रिश्वत ले-लेकर जमीनें बाँटते हैं ! उन

अफसरों के बंगलों पर धरना दीजिए जो नशाबन्दी कानून के नोटिस पर दस्तखत करके अंग्रेजी शराब की चुस्कियां लेते हैं, उन काली टोपी वाले संधियों से लड़िए जो घृणा फैलाकर मुसलमानों को चैन की नींद नहीं सोने देते ! उन पाखण्डी गाँधीवादी नेताओं से लड़िए जो नेतागीरी के नाम पर पचासों घरों की लड़कियों को बरबाद कर रहे हैं, कहते-कहते सरनाम का मुंह तमतमा आया था, 'कितनी लड़ाइयाँ हैं डाक्टर साहब ! आंखें खोलकर देखिए डाक्टर साहब ! लडाई कहाँ है ? ये सेठों-अमीरों और पूंजीपतियों की बस्ती नहीं, हर गली वीरान है इसकी...हर गली में एक से एक किरासिन के लैम्प टिमटिमा रहे है, हर गली में धूल उड़ रही है, हर गली अंधेरी और सुनसान पड़ी है ? हर गली में इन लड़ाइयों के मुकाम हैं...यहां किसी मालिक की छत ऊंची नहीं, किसी सेठ का मकान चमचमाता हुआ नहीं ! पर यहां हर ब्राह्मण की इज्जत ऊंची है, हर कायस्थ का माथा चमचमाता हुआ है, हर क्षत्रिय की नाक ऊंची है ! इस झूठी इज्जत को धूल में मिलाइए, उस चमचमाते खोखले माथे को झुकाइए, उन ऊंची नाकों को काटिए—तब बराबरी होगी डाक्टर साहब ! बराबरी...' जैसे उसके मुंह से कोई कड़वा शब्द निकल आया हो, और उसके मुंह का स्वाद बिगड़ गया हो ! कितनी पीड़ा होती है इस शब्द को सोचकर, बोलकर...

डॉ. लालचन्द अवाक् सुनते रह गए, मन में आया कहें 'ठाकुर सरनामसिंह जी और आपकी जिन्दगी ?' पर सरनाम की आंखों में जो आग धधक रही थी, उसकी आंच ने उनका सारा साहस भस्म कर दिया, लेकिन कहीं मन में अपने स्वयं के खोखलेपन से वे घबरा उठे ...लगा, कितने बड़े झूठ में जी रहे हैं...सचमुच इस बस्ती का संघर्ष उस किताबी संघर्ष से कितना अलग है ! डॉ. लालचन्द अपने खयालों में डूबे हुए थे, तभी सरनाम का स्वर फिर उनके कानों में पड़ा...ऐसा स्वर जो किसी पवित्र आत्मा के मुंह से फूट रहा हो—'और मुझे ही देखिए डाक्टर साहब ! क्या मैं नहीं जानता कि मैं खुद क्या हूँ ? या आप मेरी असलियत नहीं जानते होंगे ! लेकिन आप मेरे मुँह पर नहीं कह सकते ! क्यों, इसे आप भी जानते हैं और मैं भी...लेकिन मैं जो कुछ हूँ, उसके लिए सिर्फ मुझे अफसोस हो सकता है, ऐसा कुछ भी नहीं; जिसपर दुनिया अफसोस कर सके ! एक आदमी के नाते मैं बुरा भी हूँ—पर सिर्फ अपने लिए...मेरी बुराइयाँ दूसरों का बुरा नहीं

कर सकतीं, क्योंकि मैं अकेला होकर जीता हूँ। लेकिन जो सबके लिए जीते हैं...जो यह कहते हैं कि वे दूसरों के लिए जी रहे हैं, उनकी बुराइयाँ छूत के रोग की तरह फैलकर तबाह कर देती हैं ! इस तबाही को रोकने के बाद ही एक-एक आदमी को संभाला जा सकता है ! अपने चारों तरफ एक अच्छी दुनिया देखकर बुरा आदमी खुद संभलेगा, उसकी हिम्मत नहीं कि वह बुरा रह सके !'

'लेकिन भाई ! जब तक आदमी खुद अपनी बुराइयां दूर नहीं करता तब तक...' डॉ. लालचन्द कह ही रहे थे कि सरनाम ने बात काट दी, 'ऐसा आप इसलिए सोचते हैं कि आप आदमी को आरम्भ से बुरा मानकर चलते हैं...आदमी को अच्छा मानकर चलिए। इस जमाने के आदमी ने बुराइयों के बीच आंखें खोलीं, उसने अच्छाई देखी ही नहीं, और जो कुछ अच्छा इस जमाने ने प्राप्त किया उसकी रोशनी से जबरन उसे दूर रखा गया, उसे अच्छाई से दूर रखकर बुराइयों के बीच खाली वक्त दे दिया गया, तब वह क्या करता ? आदमी है कि कुछ करेगा...बगैर किए वह जिन्दा नहीं रह सकता ! इसीलिए जो राहें उसे मिलीं, उसपर वह चल पड़ा...' कहते-कहते सरनाम दार्शनिक की भांति गम्भीर हो आया था, 'मुझे जो राह मिली, मैं भी उसी पर चल पड़ा, हर वह आदमी जिसे आप खराब समझते हैं, उसकी यही कहानी है !...' सरनाम एकदम चुप हो गया। शिवराज लगातार उसे ताके जा रहा था। उसके मन से सारी ग्लानि जैसे धीरे-धीरे बहती जा रही थी।

डॉ. लालचन्द हाथ धोने के लिए उठे तो सरनाम ने कहा, 'आप मिलिएगा डाक्टर साहब, वहीं अड्डे पर ज्यादातर रहता हूँ !'

होटल से घर तक का रास्ता खामोशी के बीच कट गया। शिवराज अपनी खाट बिछाकर सरनाम का बिस्तर लगाने लगा। सरनाम ने देखा, पर कुछ बोला नहीं। शिवराज ने नया काम किया था। कपड़े उतारकर सरनाम कमरे में घुस गया। बोतल खुलने की आवाज शिवराज ने सुनी थी...कई बार आँख खुली पर सरनाम बिस्तर पर नहीं दिखाई पड़ा। कमरे में लालटेन की हल्की रोशनी थी—सरनाम पीते-पीते लस्त होकर दीवार के कोने से सिर टिकाए धुत्त पड़ा था। बोतलें और गिलास पास लुढ़क रहे थे। शिवराज भयभीत-सा देखता रह गया। बड़ी मुश्किल से रात गुजरी...वह समझ नहीं पाया कि यह कौन-सा सरनाम था। वह इसे प्यार करे या घृणा...

सबेरे ही शराब की बोतलों के लिए मंगल आ गया। सरनाम और मंगल जब अड्डे की तरफ चले तब धूप काफी निखर चुकी थी। रंगीले का पता लगाया गया, पर वह लापता था। इधर-उधर पूछने से पता लगा कि रंगीले किसी की मिट्टी में गया है।

अगले चौराहे पर हंगामा सुनकर उधर देखा तो एक अर्थी चली आ रही थी। हाथ-डेढ़ हाथ की अर्थी, आगे रंगीले उठाए था, पीछे बिरजू। शव पर लाल अबीरी कपड़ा था और छोटी-सी अर्थी में झंडियाँ वगैरह लगी थीं। आगे-आगे बाजे वाले किसी फिल्मी गीत की धुन बजाते हुए चले आ रहे थे।

चन्दे के लिए अर्थी अड्डे पर रोक ली गई।

'कैसा चन्दा ?'

अर्थी उतारकर रंगीले ने बताया, 'बानर भगवान् स्वर्गलोक सिधारे हैं ...मन भर लकड़ी काफी होगी !' अर्थी के जुलूस में शामिल होने वालों के माथे पर महाबीरी टीका लगा था। असलियत जानकर मंगल बिगड़ा, 'बन्दरों को मुर्दघाट पहुँचाते रहोगे कि उसका इन्तजाम होगा।'

'आज जजी-कचहरी में गवाही के लिए हाजिर होना है, श्मशान से नहा-धोकर उधर जाना है, शाम तक या कल तुम्हारा सामान आ जाएगा ? रंगीले ने कहते हुए बाजे वालों को इशारा किया और अर्थी मुर्दघाट की ओर चली गई।

शिवराज पिछले कई महीनों से बहुत भावुक होता जा रहा था। हेम की शादी तय हो गई थी। उसे लगता था जैसे वह एक अत्याचारी समाज के बीच आ गया है। उम्र अभी अट्ठारह की होगी, पर न जीवन का उछाह, न उदण्डता। रह-रहकर अनजान चेहरों की याद सताया करती—मन करता, किसी स्वप्नलोक में उड़ जाए, ऐसा लोक जहाँ कोई न हो—वह हो और उसकी कल्पना। दूर कहीं बजते ग्रामोफोन से गीत का स्वर आ रहा है—'जब तुम्हीं चले परदेश लगाकर ठेस ओ प्रीतम प्यारे !' उसकी आँखें भर-भर आती हैं और हेम सदा-सदा के लिए जैसे पराई होकर चली जाती है। और शिवराज उस भविष्य के दुख और विरह की कल्पना में सोचता है—अब तुम्हारी सुधि को प्यार करूंगा रानी ! सुधि तो नहीं छीन सकता यह क्रूर समाज...और वह रात-रात भर रो-रोकर एक गीत की पंक्तियाँ जोड़ता रहता है, बार-बार

वही ग्रामोफोन का गीत उसी स्मृति में आकर उलझता है और उसके भग्न हृदय से पुकार फूटती है—

'तू मेरा दुख जान न सकती !
सम्भव सुख के अश्रु समझ ले।
मगर समझ दुख गान न सकती !'

रात-भर वह सो नहीं पाया और हेम के विवाह की काल्पनिक बातें उसे कचोटती रहीं, पर कविता बन गई थी। आज वह समझ पाया था कि कविता के लिए विरह की क्या महत्ता थी !

आखिर बड़ा भरा हुआ दिल लेकर हेम को पत्र लिखने बैठ गया— हृदय की रानी हेम !

निठुर नियति के हाथों बार-बार प्रताड़ित होने पर भी तुम्हारा पीछा नहीं छोड़ता...सुना तुम्हारा विवाह तय हो गया है...यह देव-दुर्विपात ही है मेरी रानी ! मेरे आंसू नहीं थमते। मेरे हृदय को तुमने कभी समझा ही नहीं, जो तृप्त होते हुए अतृप्त था, उसमें शायद अब भी पिपासा है जो आमरण शान्त न हो सकेगी...तुमने तो आशाओं पर निराशा की काली चादर डाल दी। तुम्हें भी किसी शलभ को अपने जीवन-दीप की आंच से जलाने की खूब सूझी और सफल भी हुई, अतएव उस शलभ की बधाई स्वीकर करो। एक प्रार्थना है, भूलना मत उस शलभ को, जिसने अपने अरमानों की चिता में आगा दी...

महरूमे तरब है, दिले दिलगीर अभी तक,
बाकी है तेरे इश्क की तासीर अभी तक !

और मेरी रानी, ये मेरी कविता लो...टूटे हुए दिल की पुकार सुन पाओ तो सुनना—

तू मेरा दुख जान न सकती !
सम्भव सुख के अश्रु समझ ले,
मगर समझ दुख, गान न सकती ! तू...
इस जीवन की और न आशा
लौट रहा प्यासा का प्यासा
करा मुझे विषपान जो सकती ! तू...

अभागा—शिवराज

पत्र को जेब में डालकर शिवराज सीधा बाजामास्टर के पास पहुँचा।
बाजामास्टर कुछ लोगों के साथ बैठे अपने भावी कार्यक्रम के बारे में बातें
कर रहे थे, नाटक होकर रहेगा। पर चन्दा कैसे जमा होगा, स्टेज कैसे बनेगा
और सारा इन्तजाम कैसे किया जाए। बात करते समय उनका चेहरा एकबारगी
चमककर बुझ जाता...। शिवराज उदास-सा उनके पास बैठ गया। रुक-रुककर
अपनी बातें सुनाता रहा तो बाजामास्टर ने सुझाया—'चलो कार्निवल की तरफ
चलें, कुछ मन बहल जाएगा, मेरा मन भी बहुत ऊबता है...

शहर में कार्निवल को आए दो-तीन दिन हुए थे। एक तरफ सरकस
था, एक तरफ जुए का अड्डा और एक तरफ जिन्दा नाच-गाना। न जाने
क्यों जब से शिवराज का प्रेम टूटा था, वह अपने को आदमी समझने लग
गया था—एक बेपरवाह भूला-भूला-सा बिगड़ा हुआ आदमी...बड़ी खुली
आवाज में, निःसंकोच भाव से बाजामास्टर से बोला—'चलो एकाध दाँव
आजमाया जाए, जीत गए तो नाच देखेंगे...''

''एक नाचने वाली से मेरी जान-पहचान है, कमला नाम है उसका।
मिलोगे उससे !' बाजामास्टर ने पूछा।

'किसी से भी मिलवा दो मास्टर, गम भूल जाऊँ...बस !' बड़े टूटे हुए
दिल से शिवराज ने कहा और वे दोनों नम्बर लगाने के लिए जुए की मेजों
की ओर बढ़ गए।

एक नई दुनिया का नक्शा उसके सामने खुल गया...वह भरमाया-भूला
देखता रह गया...सरनाम का चला जाना जैसे उसके लिए वरदान बन गया
...वह मुक्त था, निर्बन्ध।

बंसिरी बेहद परेशान थी इधर, शिवराज भी कई दिनों से नहीं आया।
सरनाम भी अड्डे पर नहीं दिखाई दिया, न जाने कैसी बात थी—जब वह
आँखों के समाने होता, उसका होना अनुभव में होता तो प्रति-हिंसा धधकती
रहती और आंख ओट होते ही व्याकुलता-भरी छटपटाहट कुरेदने लगती।
न उसका जीना सह पाती थी, न मरना। जब-जब वह इस तरह ओझल
होता तो उस एकाकी व्यक्ति की एकान्तिक व्यथा और दुखों की गोपनीयता
दिल में कसक-कसक जाती...चंचल सम्मोहन-सा रबर की तरह खींचता और
उसके आते ही जब वह रबर एकाएक छूटकर चपेट मार जाती तो मन बौखला
उठता—न जाने वह कहाँ होगा—किस बीहड़ जंगल में—काली नदी या चम्बल

के भीटों में...किसी अस्पताल में या न जाने शायद किसी बंजर-वीरान ऊसर में उसका निर्जीव शरीर...जीभ दांतों से कट जाती है...'हे देवी ! उसकी कुशल तेरे हाथ है माई ! उसने किसी का क्या बिगाड़ा है, खुद बिगड़ गया है माई ! दया करना...उसे क्षमा करना, सब पापों का बदला इस तन से ले ले दयावती ! मुंदी आंखों से आंसू झरने लगते हैं। किसके लिए जिए वह ! परछाईं का ही सहारा है मेरे भगवान् ! उसकी कुशलता की ओट यह विरवा पनपा है !' रंगीले पर आया हुआ सारा गुस्सा खतम हो जाता है, मन करता, उसे ही मन से चाह लें, वह उसके पास उठते-बैठते हैं, उसकी बातें करते हैं...कितने भाग्यवान हैं ये कि उसका दुख-सुख जानने के भागीदार हैं...सचमुच किसी के दुखों का भागीदार बन सकने में कितनी तृप्ति मिलती है ! जब आदमी आदमी की पीड़ाओं को एकाकार होकर सुनता और अनुभव करता है तो न जाने किन ऊंचाइयों पर पहुँचकर सुनहली भावनाओं से भर जाता है ...व्यथा न जाने कितने रंगों में फूट-फूटकर सम्मोहित कर लेती है...व्यथा का सन्तोष सार्थकता दे जाता है और जीवन की उपयोगिता उजागर होकर दिग-दिगन्त में व्याप्त हो जाती है ! किसी व्यथित-पीड़ित के अन्तरवासी रहस्यों को जानकर अपने अस्तित्व का गौरव जागता है ! वह सन्तोष, वह सम्मोहन और उस गौरव का भोक्ता कोई बन पाए, तब न ! उसने तो अपने से ऐसा काट दिया कि जुड़ने का प्रश्न ही नहीं उठता, और जिससे जोड़ा— वह...

वह इमली वाले चौराहे पर चरही बनवाने में मशगूल था...'ये जानवर भटकते फिरते हैं...इन्हें प्यास नहीं लगती क्या ?' लदे हुए गदहों की पीठ से ईंट उतरवाते हुए रंगीले कह रहा है—'अब से गोपाष्टमी पर कंस के मैदान में जानवरों का मेला लगेगा...बिरजभूम की गइयाँ मैला खाती फिरती हैं, खत्ताखानों में मुंह डालती फिरती हैं...'

'चुंगी की जमीन है, पूछ-पाछ भी लिया है !' खिन्नी के पेड़ के नीचे हाल कूटते हुए लुहार ने जानना चाहा।

'ये जो कांगरेस का झण्डा बीच चौराहे पर चौतरा बनाकर गाड़ा गया है इसके लिए भी किसी ने पूछा था !' रंगीले जानता था कि चतुरी लुहार कांगरेस वालों के साथ उठता-बैठता है, चुनाव के जमाने में दो बैल वाला बिल्ला लगाकर दौड़-धूप कर रहा था।

'वे तो देस का झण्डा है, देस का काम करने वाले नेता लोगों ने गड़वाया है...'

'तो ये भी देस काम है ! जानवर मर जाएँगे तो आदमी भी नहीं बचेंगे ! गऊमाता के सींग पर पिरिथवी सधी है इसको तुम्हारे नेता लोग भूल गए हैं...' रंगीले ने रौब से व्यंग्य करते हुए कहा।

मठिया की मूर्ति के पास बैठे बाबाजी ने चरस की लपट उठाते हुए साथ दिया—'ज्ञान की बात है बच्चा ! लेउ रंगीले बच्चा, दम मार के काम करो...अहा हा—लपट उठी है कि मशाल जगी है...'

गदहों की पीठ पर लदी ईंटों का चट्टा लगता रहा, एक दम मारकर रंगीले ने चतुरी लुहार को सुनाया—'पच्छी-जानवर के लिए मन से प्यार सनेह उठ गया इसीलिए आफत टूट पड़ी ! रामजी ने जटाऊ को गले से लगाया था...शहर-भर में घोड़ा-बैल को पानी नसीब नहीं होता ! यहाँ इमली की छांह में सुस्ताएंगे और पानी पिएंगे...चुंगी क्या करेगी, हम कोई अपना घर बनवा रहे हैं या छाती पर जमीन धरकर ले जा रहे हैं !'

कांग्रेसियों के साथ उठने-बैठने से चतुरी पैंतरे से बात करना सीख गया था—'यह दया-धर्म-अहिंसा की बात है, और जब आदमी अहिंसा करेगा तब उसे डरना नहीं चाहिए ! और आदमी डरेगा नहीं तो जीतेगा और जीत तुम्हारी नहीं सत्त की होगी !' चतुरी लुहार ने कस्बे के काँग्रेसी नेताओं का लहजा कुछ ऐसा पकड़ा था कि अहिंसा, डर, जीत और सत्त उसकी हर बात में दखल जमा लेते थे और जुबान एक बात दूसरे से ऐसे जोड़ती जाती थी कि लगता था, दर्शन समझा रहा है ! पर मन ही मन वह इस ताड़ में था कि कैसे वह चुंगीवालों तक इसकी खबर पहुँचा दे, क्योंकि यही जमीन वह अपने साले के रोजगार के लिए प्राप्त नहीं कर पाया था। मिस्त्री साहब के आते ही बातचीत का सिलसिला टूट गया।

बेचू मिस्त्री पाँचों तहसीलों में मशहूर हैं—कानून से लड़ना जानते हैं—यही खास पेशा है। लड़ाई-झगड़े की इमारतें बनवाने और खसाने में इन्हें ही याद किया जाता है। किसी की जमीन दबाना हो, बेचू मिस्त्री रातोंरात चहारदीवारी खड़ी कर देने का दावा रखते हैं ! सरकारी ज़मीन पर कुआँ, मन्दिर, धर्मशाला खड़ी कर देना बाएँ हाथ का खेल हैं, विश्वकर्मा के वंशज हैं !

जमीन नापकर चरही बन गई रातोंरात। सबेरे लोगों ने देखा तो कुछ ने बनवानेवाले को शबाशी दी, कुछ ने नाक-भौं सिकोड़ी। प्लास्टर अभी गीला था इसलिए रंगीले दिन-भर देखभाल के लिए तैनात रहा। और उसके बाद रंगीले के लिए एक काम और बढ़ गया—चरही को भरना ठट्ठा नहीं था ! कुएँ से पानी खींचता ! पचास कनस्तर पानी पड़ता था, पर कोई दिन ऐसा नहीं गया जब पानी न भरा गया हो। कुएँ की चरखी सबेरे-सबेरे खड़खड़ाती तो जरूर होती—रंगीले चरही भरने आए हैं। लस्त हो जाता वह, बाँहों की नसें फूल आतीं, पेट धौंकनी की तरह चलता पर खड़...खड़... खड़ खड़ खड़र...खड़र...किसी पुराने भजन की एक पाँत या फिर गाँधी जी का वह प्रिय गीत—'उठ जाग मुसाफिर भोर भई अब रैन कहाँ जो सोवत है—' बड़ा प्रिय था रंगीले को यह गीत !

चरही भर कर कपोए हुए हाथ चिरचिरा उठते और जब वह मठिया पर बैठकर चिलम की दम लगाता तो साँस बैठती ! पर उन क्षणों को सन्तोष—जब कचहरी तक की लम्बी दौड़ लगाकर, मुँह से फेन टपकाते घोड़े चरही में मुँह घुसेड़ देते या सड़कों पर घूमती गइयाँ पानी पीकर वहीं सुस्ताती या मँडी के लिए गाड़ियाँ ढोने वाले बैल हाँफकर पानी पीते...तो उसकी आँखों में बच्चों की तरह भोलापन उभर आता, मुँह ऐसा खुल जाता कि चेहरे पर सैकड़ों झुर्रियाँ पड़कर उसकी उमर दूनी कर जातीं !

...दड़े वाले कमीशन एजेण्ट इधर कई दिनों से सरनामसिंह की पूछताछ कर रहे थे, पर रंगीले क्या उत्तर देता ? कैसे बताए कि कहाँ गया है, जब पाँच रोज हो गए तो उसे चिन्ता भी हुई, आखिर हुआ क्या ? मोटर मालिक से तो कह गया है—रिश्तेदारी में जा रहा हूँ—तीन दिन बाद वापस आ जाऊँगा ! पर अभी तक...कहीं कुछ हो गया तो ...और कौन ठिकाना—हिस्सा-बाँट में कहीं आपस में ही...पर सरनाम ऐसा-वैसा नहीं, बाल-बाँका नहीं हो सकता उसका ! शिवराज का रंग-ढंग भी वह परख रहा था। कार्निवल वाली पातुरिया के डेरे में पड़ा रहता है...कल पौडर खरीद रहा था—उसी के लिए खरीदता होगा—छैला हो रहा है ! अभी क्या हुआ—जूती गठवाएगी...

बंसिरी कैसे सहन करती यह सब, उसने कहा, 'उसे पकड़ लाओ इधर, मैं समझा दूँगी।'

'मेरे बस का नहीं है वह लड़का ! नाच-गाने में जी लगता है उसका !'

'तुम कह देना मैंने बुलाया है। नाच-गाने में जी लगाने का दोष तो तुम्हारे सिंह जी का है ! कौन-सा ऐसा काम है जो बाकी बचा है उनसे ! किसी दिन दड़ा पकड़ गया तो जेल में सड़ेंगे...'

'तुम्हारी तो हर बात निराली होती है, हर दोष सरनामसिंह के सर ! जो कुछ दुनिया में बुरा होता है, सब उसी की करनी है !'

'शिवराज को और किसने बिगाड़ा है ? उसके घरवालों से जुदा कर दिया, आसरम से भगा लाया और उसे मेहरा बना के...'

'तुम्हें इससे क्या ? वह करता है तो करे !'

'पर एक की जिन्दगी बिगाड़ दे ! कैसा प्यारा लड़का है, पर ढकेल दिया उसे भी कीचड़ में। अभी क्या है डाकू बनाकर दम लेगा !'

'बंसिरी !' रंगीले ने कुछ क्रोध में कहा।

तभी एकाएक बाहर से आवाज सुनाई पड़ी—'रंगी, रंगी !' सरनाम की आवाज थी। बंसिरी का पारा एकदम चढ़ गया। कान सतर करके एक-एक बात गौर से सुनती रही और जब रंगीले त्रिपाल के एक टुकड़े में लपेटे हुए हथियार भीतर छुपाने के लिए लाया तो वह बिफर उठी—'ये यहाँ नहीं रखे जाएंगे ! चाहे भगवान उतर आएँ, पर मैं कहती हूँ इन्हें ले जाओ.. .नहीं मानोगे तो मैं निकालकर फेंक दूंगी और सब बता दूंगी...'

रंगीले को बातें चुभ रही थीं, सरनाम बरोठे में खड़ा है, सुन रहा होगा, क्या सोचेगा—औरत भी डाँट कर नहीं रखी जाती ! और वह भी बंसिरी को ऐसा नहीं समझता था। मुसीबत के समय तो उलझेंटा नहीं डालना चाहिए इसे। देखती नहीं, मिनट-भर में क्या से क्या हो सकता है। रंगीले के आते ही सरनाम बिगड़ पड़ा—'बहुत सर चढ़ा लिया है तुमने इसे, वरना औरत की मजाल है कि इस तरह...'

काली माई का रूप धारण किए बंसिरी सारी शरम-लिहाज छोड़ कर सामने आ गई, सरनाम पर आँख पड़ते ही प्रतिहिंसा की ज्वाला में उसका रोम-रोम झुलस उठा, 'डकैती तुम करो, खतरा हम उठाएँ...'

'धीरे बोल...धीरे !' सरनाम ने हिकारत से कहा, जैसे अभी हुकुम-अदूली पर गला ही दाब देगा, उसकी आँखों से चिनगारियाँ फूट रही थीं—'चुप होके बैठ भीतर ! कहीं ब्याहता होती तो अब तक चबा गई होती...' मुँह

में आए हुए कड़ुवे थूक को निगल न पाने के कारण उसने वहीं थूक दिया। रंगीले भौंचक-सा हतबुद्धि की भाँति बस देखता भर रहा !

'थूक तू अपनी करनी पर ! अपने करमों पर चाण्डाल ! डाकू ! लुटेरा...' न जाने कितनी गालियाँ बंसिरी के मुँह से निकलती चली गईं और आग बरसाती आँखों से सरनाम ने रंगीले की तरफ देखा। एक ही झपाटे में रंगीले बंसिरी को लेता हुआ भीतर चला गया। सरनाम नाजुक वक्त जान कर एकदम बाहर निकलकर अड्डे की तरफ चला गया !

गुजरते हुए चतुरी लुहार ने ठिठककर एक मिनट तक माजरा समझने की कोशिश की। सरनाम को अंधड़ की तरह जाते हुए देखकर सहम गया, जैराम करने की सुध भी नहीं रही। पर बंसिरी की चीखें सुनने के लिए वह कान लगाए खड़ा ही रहा...जब बातें धीमी पड़ गईं तो वह अपने मुहल्ले की तरफ चला गया।

...कोतवाली में दूसरे दिन डकैती की रपट के साथ-साथ सरनामसिंह फरार हो गया। शिवराज से वह थोड़ी देर के लिए मिल पाया था, कुछ रुपये देकर चला गया था, फिर पता नहीं किधर गया।

शहर में सनसनी थी, और रंगीले का कलेजा भीतर-ही-भीतर काँप रहा था, अब क्या होगा ? सरनाम इतना ही बता पाया था उसे—'महूरत बिगड़ गया, जिस जगह का तै था वहाँ कुछ भी नहीं हो पाया। भेदिया दगा दे गया...उस साले से निबटना है ! पकड़वाने के सारे इन्तजाम थे, वह तो कहो किस्मत थी कि ऐन बख्त फरेब सूँघ लिया, नहीं तो दो-एक की जान जाती और बाकी पुलिस की गिरफ्त में आते ! दो दिन ढाक जंगल में भूखे-प्यासे पड़े रहे। वापसी पर चलते-चलाते दूसरी जगह मौका लगा, खर्चा तो निकालना ही था। पाँच सौ पर रायफिल आई थी और सौ-दो-सौ ऊपर—शेर के शिकार में गीदड़ मारना पड़ा ! पर वह भी नहीं मरा साला, चार सौ कुल मिले, वह भी एक की बाँह तोड़कर...हथियार संभालकर रखना, मैं आऊँगा, मुकद्मा चलने दो। वारंट से पकड़ गया तो बड़ी दुर्गत करेगी पुलिस। गिरफ्तारियाँ हो जाएँ तो खुद जाकर कोर्ट में हाजिर हो जाऊँगा, फिकिर मत करना...'

...शिवराज इधर एकदम खुद मुख्तार हो गया। बंसिरी के पास भी नहीं आता। बाजामास्टर के साथ नाटक कम्पनी के निर्माण के लिए वहशियों

की तरह घूमता है; रात-रात-भर कुप्पी के प्रकाश में उसके साथ बैठकर 'वीर अभिमन्यु', नाटक का मसौदा देखता है, संवाद लिखता है और राधेश्यामी तर्ज में गीत बनाता है ! 'मास्टर यह गीत—तुम्हारा हरमुनियम और कमला का गला...इधर युद्ध वेष में जाने को तैयार अभिमन्यु और इधर उत्तरा का यह दर्द-भरा गीत !' और तब उसकी आँखों के सामने चित्र उभरता है—वह अभिमन्यु ही तो है और कमला आँखों में आँसू भरे उसे विदाई दे रही है, जाओ प्राणनाथ ! जाओ...क्षत्राणी का यह कर्त्तव्य नहीं कि वह योद्धा को आँसू की जँजीरों में बाँध ले ! और वह चला जाता है, व्यूह भेदने ! सचमुच कितने व्यूह ! उन्हें वह भेदेगा...अभिमन्यु की तरह, वीर की तरह...उत्तरा की अश्रु पुलकित आँखों का आशीर्वाद लेकर ! बड़ी हसरत थी मन में, एक बार यह नाटक हो पाता...शायद यही उसके जीवन का पुण्य है—यही वह राह है, जिसके लिए वह भटक रहा था। बाजामास्टर की बातें उसे कभी जागृत न कर पाईं, पर कमला ने उस दिन कहा था—'तुम मेरे साथ स्टेज पर उतरो तो मास्टर की कम्पनी में चली जाऊँ !'

सोलह बरस की लड़की, पर कैसी बात करती है, जैसे सब देख समझ चुकी हो ! कहती थी—'इस कार्नीवल में क्या रखा है शिवराज, मैं तार पर नाचनेवाली लड़की हूँ। यह पतला-सा तार और हर पल डगमागते हुए कदम ...कब तक साध पाऊँगी अपने को ! आखिर एक दिन...एक दिन यही तमाशा करते-करते नीचे आ गिरूँगी ! सत्तार को गेंद उछालते देखा है, दस-दस, बीस-बीस गेंदें उछालता है एक साथ ! कितना बड़ा जादू है ! है न ? और वे रंगीन गेंदें ! उछलती रहती हैं...मैं तार पर चलती रहती हूँ...'

'ब्याह करके घर बसा लो !' शिवराज ने मजाक किया था !

'तुम करोगे ?' जैसे एकाएक हवा का झोंका पाकर उठती हुई साँस क्षण-भर के लिए उन्मुक्त हो जाए। पर सहसा उसकी व्यर्थता का बोध करते कमला ने हूँ करके बात को मजाक का जामा पहना दिया था। पर वह क्षण-भर पहले की चमक उसकी आँखों में तैरती रही थी...बाजामास्टर वह चमक देखकर एकाएक घबरा गया था—आँखों की यह दीप्ति ! अचरज-भरी, उत्कंठा-भरी, प्यार-भरी पर कितनी उदास ! हसरत की ऐसी चमक...सोलह बरस की अभागी कमला ! शोखी से झिड़क देने के आँखों के ये दिन ! जैसे तिरस्कृत जीवन की खोई हुई कामना के दिवस माँगते हों ! उफ् यह

क्षण-भर की चमक उसे मार जाएगी, इसे भूल जा कमला...लीला याद आती है ! वह भी कामना करती थी, ऐसे ही चमकती थीं उसकी आँखें...अपना खोया हुआ कुछ माँगती थीं ! तू न माँग, उस लाचारी की तस्वीर न खींच ! नहीं तो कुछ नहीं कर पाऊँगा मैं ? तू तार पर चल...तू उत्तरा नहीं उतरन है और तेरा अभिमन्यु...शिवराज ! उस चक्रव्यूह में मारा जाएगा ...यह क्षणिक वरण ! यह भावावेश...अभिमन्यु का यह नाटक मैं नहीं होने दूंगा ! लीला मुझे क्षमा करना । यह नाटक होते तुम भी नहीं देख पातीं, यह ज्वार न जाने कब उतर जाए; इस ज्वार के बाद कमला के पैर कितने कमजोर हो जाएँगे ! तार पर चल सकने की शक्ति भी छिन जाएगी उससे, तुम तो गवाह हो लीला—कितनी बार तुमने ऐसे सपने देखे थे ! तुम्हारी आँखों की चमक और इस कमला की दृष्टि-ज्योति !

और शिवराज ने कैसा भयानक सपना देखा था—मास्टर ! ऐसा देखा कि क्या बताऊँ ! स्टेज सजा है, भीड़ खचाखच भरी है । वही सीन चल रहा है—अभिमन्यु उत्तरा को वक्ष से चिपकाए समझा रहा है, इस जन्म में नहीं तो अगले जन्म में प्रिये ! यह जन्म जन्मान्तर का साथ...तभी बिजली चटकती है, घड़घड़ाती है, बादल उमड़ते हैं और देखते-देखते तूफान आता है ? भयानक तूफान धरती का कलेजा कँपाता है और आसमान फट पड़ता है...चीख-पुकार...तूफान और पानी, बादल का समुद्र फट पड़ा हो...सब तहस-नहस हो गया...पर्दे चिथड़े हो गए, बल्लियाँ चरचराकर टूट गईं और स्टेज के तख़्त उस सैलाब में बह गए !—वहाँ कोई नहीं था । पानी का सैलाब और डूबे हुए जहाज की तरह चमकते हुए स्टेज की बल्लियों के मस्तूल ! न तुम, न कमला ।—कण-कण बिखरा हुआ । नष्ट-भ्रष्ट । और मैं बुरी तरह चीख पड़ता हूँ मास्टर ! आँख खुलती है, मेरे रोंगटे इस वक्त भी भर आए हैं उसे याद करके !

बाजामास्टर माथा पकड़कर बैठ गए, 'हम इस ड्रामें को न ही स्टेज पर करें तो अच्छा है !'

'नाटक कम्पनी नहीं बनाओगे ? और लिखना छोड़ दूँ ? कमला क्या कहेगी, मजाक करते थे !'

'मजाक समझ लेगी तो बुरा नहीं होगा । तुम पर नशा सवार है शिवराज ! इस नाटक के बाद फिर क्या होगा ?'

'दूसरा खेलेंगे !'

बाजामास्टर के ओठों पर अनुभव की हँसी फैल गई, हम तो कहीं न कहीं से मार-तोड़कर खाते-पीते रहेंगे पर कमला क्या करेगी ? कौन-सा आसरा है जो उसका सहारा बनेगा !'

सहारा ! शिवराज की आँखों में कमला का चेहरा घूम जाता है, यही तो उसने पूछा था उस दिन कमला से। बोली थी, 'बेसहारा को इतना ही सहारा काफी है कि कोई सहारे की बात करे और धोखा दे जाए ! हर तिनके से पतवार की उम्मीद होती है शिवराज ! इतना काफी नहीं है कि नाटक कम्पनी का बहाना मिल जाए और तुम छूट जानेवाले तिनके की तरह उम्मीद का झूठा आसरा बन जाओ...और उनकी आँखों के समुन्दर में भटकती हुई अनगिन कश्तियाँ उसने देखी थीं। अपने रूमाल से उसकी आँखें पोंछकर वह खुद रो पड़ा था और कमला अपनी छाती में उसका मुंह दबाकर बालों को चूमती रही थी—'मैं कहीं नहीं जाऊँगा कमला ! जहाँ तुम रहोगी वहीं साथ रहूँगा, ऐसे ही जीवन-भर...'

'मैं उससे शादी कर लूंगा !' शिवराज ने कहा, 'भूखा मरूंगा तो वह भी मरेगी, मैं जिऊँगा तो उसे भी जिलाऊँगा ! यह मैंने सोच लिया है मास्टर !'

'सच !' बाजामास्टर ने पूरी आँखें खोलकर कहा। शिवराज की नजरों में निश्चय था और बाजामास्टर क्षण-भर के लिए चुप रह गया था, फिर बोला था, 'अब लीला सुख से मर पाएगी शिवराज ! आज उसकी आत्मा मुक्त हो गई ! अब तूफान नहीं आएगा शिवराज...'

पर तूफान आया...

शिवराज बड़ी लगन से काम में जुट गया था। बाजामास्टर स्टेज की सजावट का सामान इकट्ठा कर रहे थे—बाँस-बल्लियाँ, रोगन, धनुष, तूणीर, कवच ! इसी बीच वे पर्दों और पोशाकों के लिए इटावा की एक कम्पनी के पास भी हो आए, जो धार्मिक नाटक खेलने में मशहूर थी। पहली बार मांग-जाँच के काम चला लिया जाए, फिर आमदनी से अपनी कम्पनी के पर्दे-पोशाकें बनवा ली जाएँगी। नाम रखा गया 'लीला नाटक कम्पनी' जिसका कपड़े वाला साइनबोर्ड बनाने के लिए मास्टर आगरा गए थे। नीले रंग का साइनबोर्ड—लीला को पसन्द था नीला रंग, नीला समुद्र, नीलाकाश, नीलपंखी मयूर...जैसे वह कोई मन्दिर बनवा रहा हो—ऐसी अगाध श्रद्धा ! पर कमला

कैसे आएगी रिहर्सल में ! रात-भर कार्निवल में, दिन-भर निकलने, पब्लिक से मिलने की छुट्टी भी नहीं। बड़ा खूँखार आदमी था मैनेजर, मेढ़क की तरह निकली-निकली आँखें और छिली हुई खूबानी की तरह डोरेदार पीत-लालिमा लिए नशे में डूबी पुतलियाँ ! कमला तो सहम जाती है, उन्हें देखकर।

पर शिवराज जैसे तूफान में बहा जा रहा हो। दिन-रात उसी के तम्बू में पड़ा रहता। अभी तक उसे किसी ने टोका नहीं था। वहीं बैठकर नाटक का मसौदा देखने में मन लगता, जैसे कमला के होने का आभास भर सारी बातों को निश्चयात्मक रूप देने में सहायक होता हो। खर्चा जोड़ता हिसाब लगाता और जब कमला रात स्टेज पर मिले इनाम के रुपए उसके सामने रख देती तो उसका हृदय-भर-भर आता—'तन-मन-धन सब दे डालेगी कमला इसके लिए ! इन्हें अपने पास रखा कर !' प्यार से वह कहता और कमला सोचती—कल और ज्यादा कमाएगी। शिवराज चाहता मना कर दे। ये ले लेगा तो वह और इनाम पाने के लिए उन मधुर चितवनों को बाँट देगी जो वह अपने लिए सँजोना चाहता है। घूँसा-सा लगता है छाती पर, परन्तु कितनी जल्दी वह इस घेरे से निकाल ले जाए इसे। पर कह कुछ भी नहीं पाता, वह किसलिए कर रही है ? मलिनता तो मन में नहीं, चाहती है कुछ वह भी कर सके। बाजामास्टर को दौड़ते-धूपते देखती है तो सहा नहीं जाता उससे—'एक वक्त का खाना छोड़कर कितने पैसे बचा पाएँगे मास्टर जी !' वह उन्हें मास्टरजी ही तो कहती। 'उनसे कहो, तन का ख्याल रखें, स्टेज पर हँसी करवानी है क्या ? छाती दरक जाती है जब पब्लिक तक आवाज पहुँचानी पड़ती है। ऐसे कमजोर हो जाएँगे। मैंने उन्हें रोते देखा उस दिन, क्या बात है...?'

शिवराज बात टाल जाता है ! उसे एक ही बात सालती है—कमला कैसे बाहर आएगी इस कार्निवल से। कमला को भी दिन में मैनेजर कई बार बुलाता है। कुछ...कुछ कहता-सुनता तो नहीं। पर वह हमेशा कोई छोटी-सी बात बताकर उसे शान्त कर देती है। अपनी मजबूरी छिपाती तो नहीं ! उसका मन कड़वा हो आता है ! यह कार्निवल...जुए का अड्डा ! जब भी मौका मिलता, लोगों को भड़काता—'शहर के लोगों को जुआरी बनाने का तरीका है ! वैसे भी जिले में जरायमपेशा लोगों की कमी नहीं है, इससे

और क्या होगा ! लोग आएँगे, हारेंगे, फिर चोरियाँ करेंगे !...मारपीट दंगा मचाएँगे...'

रंगीले ने आकर बंसिरी को बताया, मैं तो समझता था शिवराज कार्निवल वाले जुआरियों के फेर में पड़ गया, वह तो कार्निवल उखड़वाने के लिए इधर-उधर दौड़ रहा है ! तुम कहती थीं सरनाम उसे बिगाड़ रहा... !'

'उसका नाम मत लिया करो मेरे सामने !' बंसिरी बोली तो रंगीले चुप हो गया। पिछले कुछ दिनों से जादू कर लिया है बंसिरी ने उसपर। जबसे उसे पता चला है कि खुशी होनेवाली है...काश ! आज अम्मा होतीं, वह सुनती तो न जाने कितने काम-धाम अभी तक शुरू हो जाते।

'क्या सोच रहे हो, नाराज हो गए मेरी बात से !' बंसिरी ने उसे टोका। रंगीले ने मुस्करा दिया, एक और सुनी हुई खबर उसने बंसिरी को दी—'सुना है सरकार सब मोटर-बसों को अपने कब्जे में ले रही है। सरकारी देख-रेख में इन अड्डे से बसें चलेंगी। डिराइवर-कलीनर सब सरकारी आएँगे, पता नहीं इन डिराइवरों का क्या होगा ?'

'मैं तो कहती हूँ हो जाए, कल होता हो सो आज हो जाए ! कम से कम सिंह जी से तो तुम्हारा पिण्ड छूटे। नौकरी नहीं रहेगी तो झक मार के जाएँगे कहीं...ये गुल-गपाड़ा तो बन्द होगा, यहाँ अड्डे का !...' और उसकी आँखों के सामने एक चित्र उभर आता है—

अड्डा वीरान पड़ा है...दूर तक जाती निर्जन सड़क, जिसे पेड़ों की परछाइयों ने काला रंग रखा है। शाम का धुँधलका छा गया है, ऐसे में यह दूर अन्तरिक्ष तक जाती हुई धुएँ की लकीर-सी सड़क कितनी उदास लगती है ! एक छाया उस अनन्त सड़क पर अकेली चली जा रही है। पेड़ों की काली परछाइयाँ उसे देर-देर तक अपने में छुपाए रहती हैं। फिर कहीं खुले में वह छाया दीख जाती है—जैसे अथाह जल में डूबता-उतराता कोई लकड़ी का टुकड़ा ! आसमान चुप है, उसके जाते पैरों की आहट तक नहीं आती, जैसे निस्तब्ध गगन में उड़ता कोई अकेला पंछी...निःस्वन-निरपेक्ष ! सहसा छाया ठिठकती है और जैसे हारकर कोई वस्तु बड़ी पीड़ा से फेंककर आगे बढ़ जाती है। एक स्वर उभरता है, शायद गगन के पँछी का स्वर फूटा था, संगीतमय स्वर...पर यह क्या ? यह तो बैंजो पड़ा है, जिसके तार टूटने के बाद भी थरथरी रहे हैं...यह स्वर किसका था ? उन्हीं टूटे तारों का ? संगीत

की यह अन्तिम चीत्कारें बोझिल, उदास—अवसाद भरी...क्या वह सचमुच चला जाएगा ? वह छाया चली गई... अब कभी नहीं आएगी ! और ये घुंघराले बालों की तरह लिपटे हुए टूटे तार...

रंगीले तीसरी खबर देता है—'सरनाम सिंह वाली डकैती के चार लोग गिरफ्तार हो गए हैं, बड़ी मार पड़ रही है। कबुलवाने के लिए सुना है, जोड़-जोड़ तोड़ दिया है पर सुराग नहीं देते। बज्जर हैं ससुरे ! यह डकैती चलेगी जरूर। बर्र के छत्ते में हाथ डाल दिया ! बड़ा मुकद्दमेबाज आदमी है, जिसके यहाँ मोर्चा लिया था इन लोगों ने !' फिर कुछ डरते हुए कि कहीं बंसिरी भभक न पड़े, उसने बताया था—'सरनामसिंह की पूछताछ के लिए दीवान जी आए थे हमारे पास ! शिवराज को भी कोतवाली जाना पड़ा। अब हम क्या बताएँ सरनाम कहाँ है ?' कहकर उसने बंसिरी का मुँह देखा।

बंसिरी चुप थी, एकदम चुप ! न जाने उसकी आँखों में कैसी व्यथा बादलों की तरह घुमड़ रही थी : रंगीले ने बात बदली, चौथी खबर सुनाई—'परसों, एक रोज के लिए बाहर जाना है, फर्रुखाबाद जजी में पेशी है। दोनों तरफ का किराया और पचास रुपया नजराना !' रंगीले गवाही देने के लिए तय की गई रकम को नजराना कहता था !

'जाना जरूरी है ?' बंसिरी ने पूछा, 'काहे का मुकद्मा है !'

'अब यह पता नहीं, ये तो वकील साहब बताएँगे और गवाही रटाएँगे। वैसे शायद मिल्कियत का कोई झगड़ा है !'

'लेकिन तुम्हारी गवाही का क्या असर पड़ेगा, तुम्हारा जिला दूसरा है और फिर यहाँ की बात भी नहीं !' उसने यों ही पूछ लिया।

'जिस गाँव का झगड़ा है, उसमें चौदह-पन्द्रह बरस पहले मैं रहता था, वहीं के एक खानदान का घरेलू झगड़ा वगैरह हुआ ! अब तुम नहीं समझोगी यह सब !'

बंसिरी ने हुँकारी भरी। रंगीले ने आगे सुनाया—'आज और लोग भी पकड़ के आ गए होंगे मुकद्दमा चालू होते ही वह भी खुद इजलास में पेश हो जाएगा !'

'कौन !' बंसिरी ने पूछा, रंगीले ने बताया—'सरनाम शायद कल-परसों तक आ जाए। एकाध दिन छुपा-छुपाया रहेगा, फिर पेश हो जाएगा !' बंसिरी का दिल अदेखी आशंका से धड़क उठा...

तीसरे दिन वह अकेली रह गई। रंगीले गवाही देने के लिए चला गया। रोज ऐसी ही शाम उतरती थी, ऊँची-ऊँची इमलियाँ आसमानी साड़ी में सुरमई किनारी की तरह टँक जाती थीं, पर आज शिवराज आया था—सरनाम ने भेजा था उसे, रंगीले को बुला लाए, जरूरी काम है। बड़ी देर बैठा रहा, वह तो चौंक गई थी शिवराज को देखकर! महीने-भर पहले देखा हुआ उसका मुख...और आज का मुख! जैसे किसी प्रगाढ़ विश्वासमय प्रेम की उद्दीप्त छाया पड़ गई हो उस पर, पीलाई अनोखे साँवलेपन में बदल गई थी। भवें घनी हो गई थीं और आँखों में निश्छल मंथरता समा गई थी! बहुत बातें करता रहा—कार्निवल को महीने-भर का नोटिस मिल गया है...डेरा-डम्बर उखड़ जाएगा! गरीब लोगों को चूस डाला कमबख्तों ने!'

'सुना, बड़ी दौड़-धूप की थी तुमने भी...'

'करनी पड़ती है, मुहल्लेवालों का साथ देना जरूरी होता है, सरकस और नाच-गाना तो नाम के लिए हैं। जुए का अड्डा है यह! वैसे कोई खेले तो पकड़ लिया जाए, पर यहाँ खुलेआम खेलने की इजाजत हैं, बेरोकटोक! यह भी कोई बात हुई भला? और ये जनता की सेवा का ढोंग करनेवाले सब पूँछ दबाए बैठे रहे, बल्कि कांग्रेस के नेता मुसद्दीलाल सिफारिश करने पहुँचे थे कि नोटिस रद्द कर दिया जाए! पर वह हुआ नहीं!' शिवराज की आँखों में लोनी चमक आ गई, बोलता गया—'हम एक ड्रामा खेल रहे हैं...'

'फिर वही नचकइयों-गवइयों की सोहबत में पड़ गए? मैं पड़ी थी उसे अभी तक भुगत रही हूँ...' बंसिरी बोली, पर सचमुच मन के भीतर कहीं बड़ा गहरा लगाव था। गहरा लगाव था। सोचते हुए बोली—'इस पेशे का आदमी न जाने कैसा हो जाता है, हम जिनका पार्ट खेलते हैं उनका दर्द, उनकी खुशी से हममें कोई अच्छी बात पैदा होने के बजाय बुरी आदतें घर कर जाती हैं। इसीलिए लोगों की नजरों में गिर जाते हैं। लेकिन एक बात है शिवराज—जब तक स्टेज पर आदमी रहता है, बहुत ऊँचा उठ जाता है, जो लैला का पार्ट करती थी...मन करता था, उसके हाथों को चूम लूँ! पैरों को माथे से लगा लूँ, पर उसके बाद जब वह बाहर आती और जिस तरह उठती-बैठती, जिन फेलों में पड़ती, उन्हें देखकर मन होता—इस पर थूक दूँ...'

‘यह तो अपने आपको सुधारने की बात है, इसके लिए जिम्मेदारी नाटक कम्पनियों पर नहीं है !’

‘हाँ, यह ठीक है...’ बंसिरी ने जैसे भूले-भूले कह दिया—‘दुनिया के भीतर एक छोटी-सी दुनिया बनाने की चाह हरेक में होती है...और नाटक सचमुच ऐसी ही एक न्यारी दुनिया है। पर्दों, लट्ठों तख्तों की दुनिया—लाली, सफेदी और रंग-बिरंगी पोशाकों की दुनिया। मन को बड़ी शान्ति मिलती है उसमें, सब भूल-बिसर जाता है, बाजों की आवाज में...ढोलक, हारमोनियम, नगाड़ा, तबला, सारंगी, मजीरा, घुँघरू ! अनोखी आवाजें हैं सबकी...मन मचलने लगता...हम स्टेज के पीछे मुँह पर लाली-सफेदी लगाती ही होतीं कि स्टेज पर तबले की थाप सुनाई पड़ती ...सारंगी की दर्द-भरी सदा और झूमते हुए हरमुनिया की आवाज और टीस की तरह तपकता हुआ मजीरा ...कौन लड़की लैला न हो जाती शिवराज ! अपना वश चलता है ऐसे में कहीं...’

सचमुच वश नहीं चलता...जब से शिवराज गया है, वह पचासों बार पर्दा हटाकर अड्डे की तरफ झाँक आई है...पर वह नहीं दिखाई दिया। उस दिन की लड़ाई के बाद वह विराना हो गया...शायद छुपा बैठा हो...पर अपने कल-पुर्जे, अंगड़-खंगड़ देखने जरूर आएगा उस पास वाली कोठरी में। उन्हें जोड़-तोड़ बगैर उसे चैन कहाँ ! खाली कहाँ बैठता है, कुछ नहीं तो लोहे के भारी-भारी पुर्जों को कूटेगा—रेतेगा और उन्हें इधर-उधर फिट करेगा.. .मोटर स्टार्ट करके सर के बल इंजन में डूब जाएगा—तब यहाँ से सिर्फ उसकी पीठ दीखती है—चट्टान-सी पीठ ! टंकी पर मोमबत्ती चिपकाकर मशीन से सर मारता है, भूख-प्यास सब बिसर जाती है। बाँहों तक कमीज सरकाए—मोबीलआयल में बाँह टाँगें, कालीचीकट अंगुलियों से माथे के मोती जमीन पर टपका देता है।...उन मोतियों को पी लेती, मछली की भाँति ...पवनपुत्र के स्वेद बिन्दु !

पर सरनाम अपनी उन टूटी-फूटी मशीनों के पास भी अभी तक नहीं आया। इमली की जड़ों से अंधेरा फूट-फूट कर ऊपर आसमान की तरफ बढ़ता जा रहा है। देखते-देखते ये छतनार पेड़ काली पहाड़ियों में बदल जाएँगे और आसमान पर कालिख पुत जाएगी, पर वह इधर नहीं आएगा ? अड्डा सुनसान पड़ा है, दिन-भर दौड़नेवाली लारियाँ थकी हुई खड़ी हैं, भभूत रमाए।

कच्ची पटरी में पहियों की गहरी-गहरी नालियाँ बन गई हैं। ऐजेन्टों वाला तख्त खाली पड़ा है। छप्पर की निकली हुई बल्ली में एक-एक फटा टायर लटक रहा है, जैसे अजगर गोल-मटोल हो गया हो—ऊपर चढ़ पाने के लिए ! सरेशाम अड्डा वीरान हो जाता है इन दिनों...कैसा अकेलापन छा जाता है इस कार्निवल के मारे, आजकल वहीं जमाव लगता है।

बंसिरी भीतर चली आती है, पर यह आवाज कैसी ? अड्डे की बन्द कोठरी में से स्वर-सा फूटता है—घुटा-घुटा, फिर रुक जाता है। क्षण-दो क्षण बाद फिर तिन्...तिन्...तिनन्...तिनन्...जैसे पथरीली जमीन पर हौले-हौले पानी बह रहा हो...कि एक धुन फूटती है—सरनाम का बैंजो... गाएगा नहीं ? मन खिंचता है...कैसा अटकाव है इसमें ! मन्त्रशक्ति...! आजा तुझसे माफी मांग लूँ ! मुझे क्या पता था कि बारूद का खेल खेलनेवाली तेरी अंगुलियों में इतना रस भरा है...अभी तो सजी-सँवरी भी नहीं, कैसे आऊँ स्टेज पर...

तभी कोठरी के किवाड़ खुले, सरनाम बाहर निकला और ताला बन्द करके अपने घर की ओर चला गया। जाते हुए उसने देखा, ठीक वैसे ही चला जा रहा था जैसे तीन-चार दिन पहले एक एकाकी छाया उस अनन्त सड़क पर अपना संगीत-साथी फेंककर चली गई थी...वैसी ही अनुभुति कोई रोककर पूछे—कहाँ ? क्यों ? अभी निकट है वह छाया, क्या हुआ है उसे ? नहीं बताएगा किसी को ! किसी को भी नहीं ? अपनी आँखों को आँचल से सुखा लेती है वह। अब कोई भी नहीं, अड्डा एकदम निर्जन है, सभी स्वर डूब चुके हैं।

पर आजकल बाजामास्टर घण्टों बैठकर रियाज करते हैं। हाथ उतर गया है, न जाने अंगुलियों की चपलता कहाँ खो गई, स्वर उभरते हैं पर हाथ शिथिल हो जाते हैं...

कमला से नहीं देखा जाता। शिवराज से कहती है बार-बार—'मास्टर जी को समझाओ।' पर मास्टर पर पागलपन सवार है—लीला नाटक कम्पनी का नाटक ऐसी हो कि पहली बार में पैर जम जाएँ ! हारमोनियम ऐसा बजे कि लोगों के दिल में और सुनने का मलाल रह जाए। बाजामास्टर जिस मुहल्ले में रहते हैं, उसमें बात सुनसुना रही थी। मिलने-जुलने वाले आते रहते हैं, पर हबीब साहब का आना कुछ माने रखता है !

सफेद रेशम-सी दाढ़ी, अधपकी मूँछें और भवें, छोटे-छोटे कटे हुए दूध से सफेद बाल—पतले ओंठों में पान की लकीर और शरीफे के गूदे में चमकते बीज की तरह गँदली आँखें। लम्बा-इकहरा शरीर, जो बाँस की तरह ऊपर से कुछ झुक आया है। अलीगढ़ी पैजामा और लम्बा कुरता—बुर्राक पर शुद्ध खद्दर का। चाँदी की चेन में बँधी पुरानी गोल घड़ी और एक मोटा बेंत ! यह हैं हबीब साहब—शहर के बुजुर्ग प्रगतिवादी ! पर यहाँ भला क्या चलता—प्रगतिवादी और वह भी मुसलमान ! करेला और नीम चढ़ा ! अछूत से भी बदतर हालत कर दी फिरकापरस्त और मजहबपरस्तों ने। पर जैसे बांस टूटता नहीं, हबीब साहब का रेशा-रेशा अभी तक लड़ रहा है, पर टूटा नहीं। गवर्नमेंट स्कूल में इतिहास के मास्टर होकर आए थे, निकाले गए तब से यहीं बस गए हैं। बस, उमर ने मरोड़ दिया है—खपाँचे-खपाँचे चटक कर अलग हो गई हैं। 'इप्टा' का बड़ा काम किया था हबीब साहब ने जिले में, और उनकी मर्दानगी दंगों में सामने आई थी। हबीब साहब को हिन्दू-मुसलमान कन्धों पर उठाए थे, और 'इप्टा' के सिलसिले में बाजामास्टर उनके नजदीक आए थे, पर उस वक्त हिन्दुत्व का जोर उन्हें अलग कर ले गया। अब हबीब साहब उनसे मिलते हैं तो उन्हें अपनी गलती का अहसास होता है—क्योंकि वह ऐसी जगहों में रह आया है जहाँ मजहब का फरक जिन्दगी की कशमकश में सर नहीं उठा पाता, उसकी अहमियत ही नहीं रह जाती, और जहर का वह दाँत अपने-आप टूट जाता है। उस सस्ती वेश्याओं के चौबारों पर हर मजहबपरस्त तन को एक ही नजरिए से देखता आता है...

हबीब साहब अपनी फटी हुई आवाज में उससे बातें कर रहे थे—'मास्टर साहब ! जरूर खेलिए नाटक ! ऐक्टरों की कमी पड़ेगी, मैं इन्तजाम कर दूंगा। दो गैसें अपने यहाँ हैं, मंगवा लीजिएगा। एक पुराना सैट पड़ा है जंगल के सीन का, उसे बाग में भी तबदील किया जा सकता है। बल्लियाँ वगैरह इमारती काम के लिए आई थीं, उन्हें इस्तेमाल में ले आइए !'

फिर हबीब साहब आगे कहते, 'और क्यों न हम लोग मिल-जुलकर एक मजबूत कदम उठावें। अब मजहबपरस्ती के छिलके उतर चुके हैं और इन्सान अपनी असली लड़ाई पहचान चुका है। हम उसे ताकत दें, दिमागी तन्दुरुस्ती दें। एक हिन्दी स्टेज कायम करें, जिस पर अवाम की रोजमर्रा की जिन्दगी की जीती-जागती तस्वीरें पेश करें...हम आदमी में जज्बात पैदा

करें ! उसे दर्द से पसीजना सिखाएँ, मैं कहता हूँ रोना सिखाएँ...ताकि वह कल हँस सके, ताजे फल की तरह नई पौध मुस्करा सके !' लम्बे साँस की तरह हबीब साहब का बदन काँपता है और उनकी ऊँचाई के सामने मास्टर, शिवराज बरसाती घास की तरह लगते हैं।

शिवराज के दिल पर असर हुआ था, मास्टर से बोला था—'सचमुच किसी ऊँचे आदर्श से अपने को जोड़े बिना हम सूख जाएँगे, घास की तरह, या ये जानवर हमें रौंदकर खा जाएँगे। हम यह भी सोचें कि हम यह सब क्यों कर रहे हैं ? किसी लक्ष्य के लिए जिएँ-मरें !'

'जो चाहे करो भइया !' बाजामास्टर बोले, 'हमारा लक्ष्य लीला है, लीला ! उसकी बात पूरी कर सकूँ...मेरे लिए वही अन्त है। मेरी समाप्ति ! हर आदमी हर मंजिल तक नहीं पहुंचता। मेरी मंजिल यही है, आगे का रास्ता तुम्हारा है शिवराज ! मुझे यहीं छोड़ देना पर तुम आगे जाना। मेरा मन इससे आगे जाने को नहीं होगा, मैं जानता हूं। तुम लिखो और इन बुराइयों से लड़ो ! मैं पैर तले से जमीन नहीं खिसकने दूंगा—स्टेज की जमीन !'

पर बवंडरों को किसने देखा था...

सरनाम इधर-उधर से पुलिस की कार्रवाई की सुनगुन लेता रहता। उसे अपनी चिन्ता उतनी नहीं थी, जितनी कि मंगल की। मंगल भी अपनी गिरफ्तारी बचाता हुआ घूम रहा था, आखिर वह भी सरनाम के पास आ लगा। पुलिस सरनाम के घर के चक्कर लगा रही थी। रंगीले से अधिक मातवर आदमी भी कौन था ? पर वह बंसिरी ! ऐसा बैर मान गई कि हाथ नहीं रखने देती। मंगल को कहाँ ठहराए ? सबसे सुरक्षित उसी का घर है, पुलिसवालों से रंगीले का राह-रसूक भी है, कोई बात भी नहीं उठेगी। शिवराज से उसने रंगीले को बुलवाया और सारी स्थिति समझा दी। बंसिरी इधर शान्त थी, और फिर सरनाम के अहसान...मंगल जैसे खुराफाती से दुश्मनी हो जाने का डर भी...यह तो करना ही पड़ेगा उसे, सरनाम के आड़े वक्त काम न आया तो क्या सोचेगा ? जनम-भर के लिए दुश्मनी हो जाएगी।

बाहर बैठक के दरवाजे बन्द करके तीनों बैठे थे, रंगीले हर क्षण सतर्क था, कहीं कुछ न हो जाए। बंसिरी पगला न जाए, उसने पूछा तो रंगीले ने बड़ी आसानी से समझा दिया। 'मेरा एक दोस्त है आज रात यहीं रुक

के सुबह गाँव चला जाएगा !'

'और दूसरा कौन है ?' बंसिरी के प्रश्न को सुनकर किसी भावी आशंका से वह सिहर उठा ! आज अगर इसने सर की टोपी उतारने की कोशिश की तो निबट लेगा। साफ-साफ कह दिया; 'सरनाम है !' पर बंसिरी चुप रही रंगीले ने राहत की साँस ली।

मंगल भला कब मानता ! बोतल सामने रख ली, 'पी लो सिंहजी, कहीं जमानत न हुई तो बूंद-बूंद के लिए तरस जायेंगे। यह धीरे बात क्यों नहीं करता, बंसिरी ने जान-भर पाया कि आसमान फटा ! सरनाम ने कहा—'एक कानिस्टिबल घर के लगातार चक्कर काट रहा है। मन में आता है टंटा अलग करूँ...'

सुबह दीवानजी डकैती वाली तहसील के सर्किल इन्स्पेक्टर के साथ आए थे। केस बनाना था। डकैतों के नाम रख दिए गए थे, पर गवाही ? गवाही अजड़ चाहिए भाई। उसी पर सारा दारोमदार है। दीवानजी ने कहा था, 'रंगीलाल जी मदद करेंगे दारोगाजी आपकी, ये चाहें तो सब हो सकता है ! और इनकी गवाही ! अकाट होगी। मैंने कहा था कि ऐसा गवाह दिलवाऊँगा कि बिगड़ता केस बन जाए ...और सर्किल इन्स्पेक्टर ने घाघ की तरह रंगीले को निहारा था। पीते-पीते रंगीले ने कह ही दिया, 'दीवान जी बारदात वाली तहसील के दरोगाजी के साथ आए थे, चाहते थे मैं गवाह बन जाऊँ...'

'किसमें, हमारे मुकद्दमे में।' सरनाम ने पूछा।

'हां !' रंगीले ने कहा तो सुनकर सरनाम ने एक ठहाका लगाया, 'खूब रही भाई ! ! मेरा जूता मेरे ही सर !...' और गिलास चढ़ाता हुआ वह उन्मादी की तरह देर तक हंसता रहा।

रात गए सरनाम चला गया, पर मंगल लगातार पीता रहा और अनाप-शनाप बकता रहा। बंसिरी ने सब भाँप लिया था, भीतर ही भीतर वह क्रोध से भुनी जा रही थी। यह दगाबाजी और मुझसे ! ...सरनाम की खातिर इतना बड़ा झूठ ! मंगल ने बैठक में कै कर दी, कच्ची शराब की बदबू सारे घर में व्याप्त हो गई। रंगीले ने नींद में हुक्म चला दिया, 'ज़रा इसे साफ कर जाना !' जल ही तो गई। पानी की बाल्टी और झाड़ू लिए जब वह पहुँची तो पहली बात बोली, 'इसे निकालों घर से अभी

...इसी वक्त !'

'ऐसी हालत में ! तुम...' रंगीले कुछ कहना चाहता था।

'मैं कहती हूँ वह करते हो या नहीं...या मैं खुद करूँ ? निकालो इस शोहदे-बदमाश को घर से !'

'आधी रात को भला...'

बंसिरी चीख पड़ी, 'कहीं जाए, नाली में पड़ा रहे, पर यहाँ नहीं रुक सकता ! एक मिनट भी नहीं...'

मंगल ने आँखें तरेरकर देखा और खुद चुपचाप बैठक के बाहर लड़खड़ाता हुआ निकल गया । पर हालत उसकी ठीक नहीं थी । रात गश्तवालों ने उसे बेहोशी की हालत में थाने पहुँचा दिया और सुबह होते-होते खबर फैल गई कि एक डकैत और पकड़ा गया ।

सरनाम का खून खौल उठा । दो कौड़ी की औरत की यह मजाल ! मुझसे लड़ेगी ! और इस तरह ? रंगीले ने सब सुना, सफाई दी, पर सरनाम के सिर पर खून सवार था—'वह औरत मुझसे दुश्मनी निभा रही है ! उसे सबक सिखाने के लिए निशाना तुम बन जाओगे...मेरी भलाइयों का यह नतीजा मिलेगा मुझे ? तुम इतने दब्बू और बेकार साबित होगे, यह मैं नहीं जानता था ! मेरी औरत होती तो देख लेता ...उसकी यह हस्ती...'

सब सुनकर भी बंसिरी नीतिज्ञ की तरह चुप रही, पर यह उसने जान लिया था कि अब इस तरह चल नहीं पाएगा—जानवर हो गया है वह ! उसके साथ आदमियत का बर्ताव ! अब नहीं सहेगी, बहुत हो लिया । साँप का जहर नहीं मरता । इतना विष है इसके काले दिल में... । बेईमान, दगाबाज, बेवफा ! एक बार भी बीते हुए दिन याद नहीं आते ? हर जगह मेरी इज्जत इसके लिए खिलौना रही है—औरत ही हूँ मैं ! सराय में बिकी हुई औरत—'जब तक पूरे रुपये नहीं चुकाता यह, तब तक तुम रखो इसे !' क्या समझा था—घास-पात ! रहम किया था मेरे ऊपर ! तेरे रहम का बदला...सड़-सड़कर मरेगा...कैसा डरावना हो गया है ! शक्ल से मनहूसियत टपकती है !

और शाम जब चरही में पानी भरकर रंगीले लौट रहा था तो मंगल के लोगों ने उसे सबक दे दिया—और करेगा दगा ! पीठ में छुरी भोंकने का नतीजा है यह ! गली से गुजरते हुए किसी आदमी ने बेहोशी की हालत में उसे घर पहुँचाया था । बंसिरी के तो हाथ-पैर फूल गए । क्या करे—कहाँ

ले जाए, हाय राम, मार डाला बदमाशों ने ! रंगीले का शरीर जगह-जगह लाठियों की मार से सूज आया था, पूरे शरीर पर नील पड़ गए थे। खून निकल जाता तो इतनी हड़फूटन न होती, वह बेकल पड़ा था। बंसिरी रुई के फाहे बनाए सेंकती रही, पर कुछ भी असर नहीं हुआ। सिर की चोट से नकसीर फूट गई थी...

सरनाम ने सुना तो अवाक् रह गया—यह क्या कर दिया ! शिवराज से हाल मंगवाता रहा। उसे चैन नहीं था, पर यह सब उसे मालूम भी नहीं था, मंगल के साथियों ने बदला लिया था। एक-एक को देख लेगा, पर रंगीले भला क्या सोचेगा ? आखिर किसकी करतूत समझेगा...?

बंसिरी निश्चित मत थी—यह और कौन करेगा उसके सिवा ! बड़ा विश्वास करते थे उस पर। अब यह दुश्मनी चलेगी, खतरा भी वह उठाएगी। मन में आता है, घायल रंगीले को लेकर शहर छोड़ जाए। पर जाए भी कहाँ...और इस तरह भागना ! अब जरूर वह उस मेले वाले किस्से को खोलेगा। मेरी इज्जत पर दाग लगाने की कोशिश करेगा ! क्या बिगाड़ा था मैंने इसका ? पर इस तरह जिए ? नामुमकिन था यह ! घृणा की लहर उसके भारी-भरकम शरीर में दौड़ रही थी ! प्रतिहिंसा की अकुलाइट में जैसे रोम-रोम धधक उठा हो, पा जाती तो बोटी-बोटी काट डालती...कोंच-कोंचकर मारती ! वह अच्छी तरह जान गई थी कि सरनाम का कोप अब उस पर टूटेगा।

गवाही के लिए रंगीले को पुलिस वाले चाहते थे। एकदम चौकस गवाही पड़ेगी ! दुनिया जानती है कि सरनाम और रंगीले का साथ है, एक-दूसरे के काम में हिस्सा बाँटते हैं। दीवानजी ने फिर चक्कर लगाया—उनके मन में कहीं सरनाम के लिए आक्रोश छिपा बैठा था। दड़ा चोरी-छुपे चलता है, इसे पुलिस भी जानती है, पर जब से अफसरों ने कड़ा रुख अपनाया है तब से नीचे वाले दीवान-अमलाओं का कमीशन बन्द हो गया है। यह सरनाम की ही करतूत है, लेकिन बचके कहाँ जाएगा ? जल में मगर, थल में पुलिस ! दीवानजी से बंसिरी ने खुद बात की, रंगीले खाट पर पड़ा कराह रहा था। फौजदारी की रिपोर्ट नहीं कराई गई, साबित तो यही करना था कि डकैतों और रंगीले की मिलीभगत है, दीवानजी ने आँचा-पाँचा समझाकर रपट लिखवाने से उसे रोक लिया। बंसिरी बड़ी देर बात करती रही। दीवानजी के चले जाने के बाद रंगीले ने कहा—'यह ठीक नहीं है ! सरनाम ने मेरे

साथ बहुत बुरा किया है, फिर भी मैं उसके खिलाफ गवाही नहीं दे सकता ...गुस्से में आदमी सब कुछ कर सकता है। तुमने भी तो गुस्से में मंगल को आधी रात... ?'

बंसिरी ने आखिरी अस्त्र फेंका—आँखों में पानी, सिसकियों में होने वाली सन्तान की सूचना—एक क्षण बाद ही उसकी आँखें अजीब घृणा से भर आईं। किसी अदेखे अत्याचार की सूचना उसके चेहरे पर मँडराने लगी, उसने धीरे-से कहा—'मैं अब तक चुप थी, लेकिन अगर तुम सारी बात जान पाते...' मन में घृणा का तूफान आया हुआ था, उसका बस चल पाता। कैसे भी ! उसे अब यह करके रहना है, यह होगा ही, नहीं तो वह चली जाएगी कहीं भी, पर इस स्थिति को बर्दाश्त नहीं करेगी ? रंगीले की आँखों में विस्मय भर आया। वह बोली—'मैं तुम्हारी औरत हूँ न !''

रंगीले ने हुँकारी भरी।

'लेकिन अगर...' जैसे उसकी जबान रुकती हो—'अगर तुम यह सोचते हो कि मुझे छोड़ दोगे...तब सब ठीक है...' आँखों का बाँध टूट गया, आँसू थमते ही नहीं—'मैं कहीं भी चली जाऊँगी, इस होने वाले बच्चे को लेकर, पर इस तरह रहना नहीं हो पाएगा...'

'किस तरह !' रंगीले पहेली में उलझा है।

'क्या उसने मेरी शादी तुमसे इसीलिए कराई है कि वह...'

'साफ-साफ कहो...' रंगीले सब कुछ एक साँस में सुन लेना चाहता है।

'कितनी बार उसकी ऐसी कोशिशें रही हैं कि मैं...इसीलिए वह मुझसे दुश्मनी मानता है !'

'किसकी, सरनाम की !' रंगीले की आँखें फटी रह गईं।

''यह मुझसे नहीं होगा...' आँसुओं और सिसकियों के सैलाब में सब खो गया। रंगीले की आँखों से चिनगारियाँ फूटती हैं—

'देख लूँगा उस हरामजादे को। उठाए आँख। एक मिनट में उसकी हस्ती राख कर दूँ !'...आँसू, सिसकियाँ—आग, प्रतिहिंसा ! उबाल घृणा और कुछ कर डालने की बलवती—दुर्दमनीय शक्ति। अपने टूटे शरीर को लिए वह खाट पर बैठा धधक-धधककर हाँफता रहा और बंसिरी घुटनों में सिर दिए सिसकती रही...

...बाजामास्टर शिवराज को समझा रहे हैं...'एकदम नई तरह से ओपिन होगा ड्रामा ! नटराज की आरती...दस लड़कियाँ थाल लेंगी, पाँच एक विंग से, पाँच दूसरे विंग से आएँगी, संगीत रचना में दक्षिणी प्रभाव रहेगा...लीला की तस्वीर पर फूल चढ़ाकर दसों लड़कियाँ इसी तरह श्रद्धा का भाव-प्रदर्शन करती विंग से चली आएँगी...कैसा रहेगा !'

लीला की तस्वीर एक फ्रेम में जड़ी अभी से तैयार है, शिवराज ने देखा है, उस पर रोज नई माला पड़ती है। उसे यह कुछ-कुछ पागलपन लगता है ! हबीब साहब रोज आते हैं, बाँस की तरह सर झुकाए और उनकी गँदली आँखों से थोड़ी देर में रोशनी फूटने लगती है। बाजामास्टर की आँखें अनोखे नशे में झूमती रहती हैं। नाटक में पार्ट करने-वाले दिलाराम, बंशीधर, रामपरशाद, शौक, लक्ष्मी, सुशीला की आँखों में उल्लास-भरा अचरज है; और कमला ! उसकी आँखों में सन्तोष की परछाईं...स्नेह-डूबी तृप्त आँखें ! स्थिर, एक पथ पर टिकीं...

पर सरनाम की भवों में तनाव है। किसी आने वाले तूफान की प्रतीक्षा करते आकाश-सा निस्तब्ध सूनापन ! कमला पोशाकें सिल रही है, ठीक कर रही है...अभिमन्यु की पोशाक ! उत्तरा के सुहागचिह्न में मोती टाँक रही है। बाजामास्टर उसे अपने घर ले आए थे, कार्निवल उखड़ चुका था। कमला ने साफ-साफ कह दिया था, 'मैं अब नौकरी नहीं करूँगी, भूखी मर जाऊँ पर नहीं...

भीतर-भीतर पकती खिचड़ी की महक सरनाम को लग गई, एक तो अपना चक्कर, दूसरा यह...क्या करे ? शिवराज से साफ कह दे—'यही सब करना है तो अपना रास्ता लो ?' पर कह भी नहीं पाता ! और ऊपर से मोटर-बसों के राष्ट्रीयकरण की लटकती हुई तलवार। रोज नई-नई खबरें सुनाई पड़ती हैं। इस लाइन पर भी सरकारी बसें चलेंगी—नहीं-नहीं, यह झूठी खबर है, इस पर नहीं चलेंगी ! मोटर-मालिकों की यूनियन की बैठकर रोज सुबह से शाम तक होती है, कुछ पता नहीं चलता। सुना है दो-चार दिन में मालिकों की ओर से कुछ लोग लखनऊ जाकर परिवहन मन्त्रीजी से मुलाकात करने वाले हैं—एक एम.एल. ए. साथ जा रहे हैं। वह कुछ ठीक-ठीक नहीं सोच पाता। कुछ भी साफ नहीं दिखाई पड़ता। शिवराज ही सामने पड़ा तो उबल उठा—'यही सब नंगई करनी है तो मुझे मार के करो। चार

दिन और सबर करो, रास्ता छोड़कर खुद चला जाऊँगा। काहे की अति रख ली है, मुकद्दमे भर की देर है, तुम सब लोग जो चाहते हो, हुआ जा रहा है !'

शिवराज चुप रहा। सरनाम की आँखों में उजाड़ सूनापन व्याप्त है, जैसे इस वक्त कोई सहारा चाहता हो। बोला, 'मैं जानता था, मेरे साथ यही होगा, सब आँखें फेरकर बैठ जाएँगे एक दिन...तो तुमने सब कुछ तै कर लिया है ?'

शिवराज चुप है। सरनाम भभक उठा, 'मैं मर गया था क्या ? मैं कोई भी नहीं था ? तुम्हें अपनी जिन्दगी बिगाड़नी है ता बिगाड़ लो...एक दिन पछताओगे कि मैं क्या चाहता था और तुम क्या कर बैठे ?'

'कुछ बुरा तो नहीं है इसमें !' शिवराज ने कहा।

'एक बाजारू औरत के पीछे इस तरह बरबादी के रास्ते पर लग जाना जवानी की रकम है। आँखें खोलकर देखो, मैं चाहता था तुम कालिज तक जाओ, बी. ए., एम. ए. करो और इज्जत की जिन्दगी बसर करो। पर तुम्हारे दिमाग पर भूत सवार है, अगर तुम आँखें खोलकर देखने से लाचार हो तो मैं अपनी आँखें बन्द नहीं कर सकता, समझे !'

'मेरी आँखें बन्द नहीं हैं !'

'लेकिन यह सब नहीं होगा !' सरनाम चीखा, 'किसी भी कीमत पर नहीं ! मेरा हक है तुम पर...बच्चे की तरह पाला है तुम्हें !'

'लेकिन मैं तय कर चुका हूँ...'

'उससे कुछ नहीं होता !' सरनाम चीखता जा रहा है, 'तुम्हारी वजह से आश्रमवालों से बैर मोल लिया, तुम्हारे भाइयों से झगड़ा किया। शहर-भर की हिकारत उठाई और अब तुम्हारी आँख देखूँ ! वह भी उस बाजारू लड़की के लिए...' कहते-कहते उसकी सूनी आँखों में बादल घुमड़ आए, गला भर आया—'तुम भी यही करोगे शिवराज ! मैंने अपने लिए कोई नहीं चुना, कोई मेरे लिए सोचता, मेरे लिए जीता-मरता। कितना प्यासा हूँ मैं ! पर तुम्हारे लिए सोचकर मैं अपनी कमी भूल जाता हूं। मेरा रास्ता गलत ही सही, शिवराज ! पर मैं किसी रास्ते पर किसी एक को अपनी तरह चलाना चाहता था, मेरे लिए तुम्हारे मन में भी...' उसकी आँखें डबडबा आईं।

शिवराज को उसका प्यार चुम्बक की तरह खींचता है।

बंसिरी ने जब से शिवराज के इस निर्णय को सुना है, खुश है ! उस सरनाम से पिंड छूटेगा। अकेलेपन की मार से वह बेहाल हो जाएगा, घबराएगा और सोचेगा। तब कभी उसे बंसिरी की याद आएगी। दिल में हूक उठेगी। तड़पेगा, पछताएगा। और तब यह लस्त पड़े शेर को देखेगी। कितना अनिर्वचनीय आनन्द होगा उस दृश्य में। हारा हुआ आदमी ! औरत बेबस हो सकती है तो आदमी हार सकता है ! पर वह कैसे देख पाएगी—टूटा हुआ खंडित आदमी ! दिल कड़ा करके एक बार देखेगी जरूर। अगर आँख भर आई तो चुराकर रो लेगी, पर देखेगी जरूर। परास्त शक्ति को भी देख सकने की एक अनोखी उत्कण्ठा होती है। वह उत्कण्ठ पूर्ति मांगती है ! शिवराज को वह रोज समझाती है, उसे ताकत देती है, 'तुम कमला को लेकर यहाँ चले आओ, किसी की फिकर मत करो...'

और शहर में हंगामा मचा है ! हबीब साहब का मुर्दा कब्र से उठ कर आया है—मलेच्छ नास्तिक ! वीर अभिमन्यु नाटक के पीछे राजनीति की चालें खोजी जाने लगीं। 'गोतानन्द के कांग्रेसी अखबार की तोप पर पलीते चढ़ गए। रोज सुबह एक गोला दगता है—

'कम्युनिस्टों के जहरीले दाँत अभी टूटे नहीं हैं !'

'शहर को वेश्यालय बना देने की नई साजिश !'

'सन् बयालीस के गद्दर हबीब की हैरतअंगेज हरकतें।'

पर बाज़ामास्टर और हबीब साहब निश्चिन्त थे।

लेकिन शिवराज के सामने दुर्लंघ्य दीवारें निरन्तर उठती जा रही थीं ! सरनामसिंह अभी भी अपनी गिरफ्तारी बचाता हुआ वकीलों से मिल-जुल रहा था...पर उसके सामने था शिवराज।

'ऐसी लड़की का कोई ठिकाना है जो बाजामास्टर के घर में रहे, अकेली। मैं तुम्हारी सारी जरूरतें पूरी कर दूँगा, और क्या चाहिए तुम्हें ?'

और उन गलियों में सरनाम रात झुके खुद शिवराज को जबरदस्ती लेकर गया। शिवराज चलता जाता, पर उसका मन ऊबता जाता। सरनाम बात छेड़े हुए था—'यही सब करना है तो करो, खुलकर करो मेरी तरह ! झूठे दिखावे में मत फँसो, ये गलियाँ बदनाम हैं, पर इनमें निडर होकर आओ—घूमो, देखो, रुको, पर अपने को पहचानते रहो ! जानबूझकर धोखे

में मत पड़ो...तुम्हें औरत चाहिए ! इसके सिवा और कुछ नहीं, मैं जानता हूँ। इस गली से नफरत करना सीखो, ऐसी नफरत जो बार-बार तुम्हें खींच लाए। जब तक इन गलियों से नफरत करना नहीं सीख पाओगे, तब तक इन्हें जानोगे कैसे ! आज जिसे तुम प्यार कह रहे हो, वह कल मुलम्मे की तरह उतर जाएगा, उसके साथ तुम्हारे दिल की चमक खो जाएगी !' सुनकर शिवराज चुप है।

'मुझे देखो शिवराज ! उसी चमक के लिए मैं भटकता रहा, लेकिन फिर वह हाथ नहीं आई...'

गन्दी नालियों, बदबूदार दरबों, झनकते घुंघरुओं और बेगाने लोगों से भरी गलियों में वह सरनाम के साथ घूमता रहा...सरनाम की बातों का कोई विशेष असर उस पर नहीं पड़ा, पर वहाँ के वातावरण ने विरक्ति दे दी। मन उचट गया, अजीब-सी बातें उठने लगीं मन में—यह सब क्या देख रहा है ? एक बहता हुआ गन्दा नाला और उसमें नहाते, गोते खाते सैकड़ों लोग ! ध्वस्त मानव खंडहर और उनमें बसेरा लिए हुए अनगिन पक्षी—विकलाँग, परास्त, पराधीन...

और उस रात वापस लौटकर सरनाम ने फिर बोतलें खाली कीं और शिवराज के माथे पर अपना सर टिकाए रोता रहा। उसके रोम-रोम पर अंगुली फेरता रहा। आँखें गड़ाए उसकी कोमल गर्दन को देखता रहा, जिसकी त्वचा में निश्चयात्मक मुद्रा की दो धारियाँ पड़ गई थीं। उसका मन रोता था—अपने निपट अकेलेपन को सोच-सोचकर ! ऐसे क्षणों में हमेशा शिवराज की ममता, घृणा की पर्त भेदकर ऊपर आती है। सब कुछ सही पर आदमी की असन्तुष्टि, उसका घबराना वह नहीं देख पाता...

सरनाम ने कहा था—'शायद एक-दो महीने में यहाँ सरकारी बसें आ जाएँगी, मेरा भी कोई ठिकाना नहीं, कहाँ जाऊँ, क्या करूँ ? मेरी बातों पर ध्यान मत देना, ठीक समझना सो कर लेना...'

शिवराज जैसे परास्त हो गया। रात की उदासी और भी गहरी हो गई थी। तब उसे लगा कि सरनाम जब इतनी झँझटों में से गुजर रहा है, तब कुछ मदद देना जरूरी था, कम से कम पूछता ही रहे। डकैती का मुकद्दमा अदालत में पहुँचा और सरनाम ने अपने को इजलास के सामने हाजिर कर दिया।

और इकबाली गवाह के रूप में सरनाम के सामने जबरदस्त शह की तरह रंगीले खड़ा था ! मोहरा चलानेवाले हाथों को उसने देखा—चूड़ियों से भरे, मेंहदी रंगे हाथ...कैसी भी प्रतिहिंसा नहीं जागती। मन उचाट है। जो भी होना हो, हो जाए। 'सात साल की जेल।' छुटकारा तो पाएगा इस सबसे। और फिर सोरों के मेले में इन्हीं हाथों ने उसके मस्तक के बाल हटाकर कहा था—'कितना चौड़ा माथा है !' और वही हाथ उसके पथरीले शरीर पर पानी की धार से फिसलते रहे थे ! इन हाथों का मोह है बंसिरी ...याद अभी बाकी है ! यही हाथ रक्षा के लिए उठे होते तो हार जाता आज; चुनौती स्वीकार करूँगा, पर होगा अनर्थ ही ! मेरी जीत सुख नहीं दे पाएगी मुझे...

इजलास में भीड़ जमा रहती ! शहर के जाने-पहचाने आदमियों पर डकैती का केस है और सरनाम का लंगोटिया यार खिलाफ शहादत दे रहा है ! माजरा कुछ समझ में नहीं आता। बड़ा गहरा केस है, हाकिम बड़ा काबिल है। सेशन कोर्ट में लड़ने की तैयारियाँ अभी से हो रही हैं; जिसके यहाँ डकैती पड़ी; वह भी बड़ा जबर है भाई ! इलाहाबाद से बालिस्टर आ रहे हैं, कहता है—'जड़ उखाड़कर छोड़ुँगा...'

तीन से कम किसी की भी शनाख्त नहीं। जनानी शनाख्तें, पुख्त सबूत है ! चेहरों पर चिप्पियाँ लगवाकर पहचनवाया गया। एक-एक पहचान में आ गया। और भरी इजलास में सरनाम को छै दिखवइयों ने पहचाना। तीन शनाख्त वाले को शर्तिया जेल; तब भला छै वाला क्या बचेगा ? गनीमत यह हुई कि हाकिम ने जमानत मंजूर कर ली।

रंगीले ने अपनी हिफाजत की अर्जी दी थी, सरकारी गवाह था वह। पुलिस को हुकूम मिला था। एक कानिस्टिबल दिन-रात घर के बाहर तखत पर बैठा तमाखू पीता रहता।

पहले रोज जब वह इजलास से लौटा तो सीधा जनाने अस्पताल पहुँचा, बंसिरी को सब सुनाया। दो दिन पहले वह सरकारी वकील के साथ मौका देखने गया था। सर्किल इन्स्पेक्टर साथ थे। बड़ी खातिर हुई रंगीले की, और दरोगाजी ने नकद तीन सौ रुपए उसे चौधरी से दिलवाए थे—'तुम्हारी खातिर रंगीलाल ने यह खतरा उठाया है चौधरी साहब !'

'लेकिन ये कैसे गवाह बन पाएंगे ?' चौधरी को अपना रुपया डूब

जाने की फिक्र थी।

'रंगीलाल का नाम डकैतों में शामिल किया जाएगा, वारण्ट कटेगा, तब ये पकड़े जाएँगे और कोतवाली में जुर्म का इकबाल करेंगे, बयान देंगे—तब ये इकबाली गवाह बनेंगे...' दरोगाजी ने समझाया !

रंगीले ने मौका-जगह देख ली, नक्शा अपनी आँखों में उतार लिया, बयान समझकर बुद्धि में रख लिया, और सबसे ऊपर वे तीन सौ रुपए, बाद मुकद्दमा बाकी तीन सौ—कुल छे सौ का सौदा था !

इधर नाटक की तैयारियाँ जोर-शोर पर थीं। शहर में विरोध भी बढ़ता जा रहा था। आधी-आधी रात तक रिहर्सल होते, दूसरे दिन ग्राण्ड रिहर्सल की तैयारी थी। युधिष्ठिर का पार्ट करनेवाले जगमोहन तिवारी ने ऐन दिन अपनी मुश्किल हबीब साहब के सामने रखी—'आज हमारे हेडमास्टर साहब ने बुलाकर कहा कि अगर आपको नाटक ही खेलना है तो स्कूल से इस्तीफा दे दीजिए...।'

'यह सरासर ज्यादाती है !' हबीब साहब ने अपनी छड़ी रखते हुए कहा—'आपने इसका सबब नहीं पूछा।'

"सबब ? स्कूल कमेटीवाले मौका देख रहे हैं, हम तीन मास्टरों ने पूरी तनख्वाह पाने के लिए बात उठाई है ! और फिर मैं लंका में अकेला विभीषण हूँ न !" जगमोहन तिवारी ने कहा। 'भीतरी बात और है ! हर स्कूल में अपना-अपना चल रहा है। असल में सरकारी स्कूलों को छोड़कर कौन-सा स्कूल है जिले में, जो किसी जाति विशेष के आधिपत्य में न हो ! ब्राह्मणों के अपने स्कूल हैं, कायस्थों के अपने, अहीरों के अलग, अग्रवालों के अलग; हर जगह जाति का सर्प फन फैलाए बैठा है ! इस बार मैं उसका शिकार बन रहा हूँ !

'क्यों, पूरी तनख्वाह नहीं मिलती !' हबीब साहब ने पूछा।

'यह किससे छुपा है ! कौन-सा ऐसा प्राइवेट स्कूल है; जिसमें पूरी तनख्वाह मिलती है। चाहे वह मेरा स्कूल हो, चाहे अग्रवाल विद्यालय, चाहे आर्यसमाजी हाई स्कूल ! सौ देते हैं, एक सौ पचास की रसीद लेते हैं। जरूरतमन्दों को सब स्वीकार करना पड़ता है ! न करें तो बाल-बच्चे कहाँ से पालें ?' जगमोहन ने कहा तो हबीब साहब तलखी से बोले, 'यह बात

है ! इसीलिए आपको निकालने का मौका...'

हबीब साहब ने कहा, 'सोच लो भाई, नुकसान न हो आपका !'

पर तिवारी भला कब मानता। कहता है, निकाल के देखें ! बगैर कम्प्लेण्ट निकालें तो भला ! मैं देख लूंगा। कहते हैं; विद्यार्थियों पर आपके इस आचरण का बुरा असर पड़ेगा, स्कूल की बदनामी होती है इसमें। पचहत्तर रुपए देकर एक सौ बीस की रसीद लेते हैं और आचरण का नुस्खा पिलाते हैं ?

हबीब साहब और बाजामास्टर एक-एक अभिनेता की देखभाल अण्डे की तरह कर रहे हैं। एक भी टूटा तो सब चौपट !

स्टेज बनाने का काम हबीब साहब ने उठा लिया। बाजामास्टर को फुर्सत कहाँ ? लाली, पाउडर, कालिख...दुर्योधन की धोती का इन्तजाम, और मुकुट ! जल्दी मोती टाँककर तैयार करो भाई ! अभिमन्यु का तरकस। क्या कहा ? कागज नहीं चढ़ा उस पर ! फौरन करो, नहीं तो कब सूखेगा और लड्डन तुम्हारे तीर-कमान तैयार हैं ? ऐसे कैसे चलेगा, ऐन वक्त पर क्या होगा ? कर लो मेरे भाई...कृष्ण का पीताम्बर अभी तक नहीं आया ? पैसे कहाँ हैं ! कमला की साड़ी फाड़कर पीली रंग लो...काम चलाओ किसी तरह...

कौंधती बिजली की तरह बाजामास्टर अभी यहाँ दिखाई पड़ते हैं, अभी वहाँ—प्राम्पटर के सहारे रहोगे तो सब चौपट हो जाएगा ! रटो, पार्ट रटो ...प्राम्पटार भूल सँवारने के लिए रहेगा ! गांग...इलाही बैंडवाले के यहाँ से आना है, अभी लाकर रखो !

हबीब साहब सर पर रूमाल रखे अपनी गँदली आँखों से ऊपर बँधती बल्लियों को ताक रहे हैं—पुल्ली यहीं रहेगी, गाँठ लगाओ ओ भाई, खड़े मत रहो, पर्दा चढ़ाओ। एक बार टेस्ट करके देखना है ! उधर नहीं...और थोड़ा इधर। नौ फुट, नापकर...हाँ हाँ...तखत नीचा पड़ता है तो ईंट लगाओ...

ऐक्टर अपना-अपना पार्ट याद कर रहे हैं—कमरे से अजीब-अजीब आवाजें गली में आती हैं...दुर्योधन रिरिया रहा है—'गुरुदेऽऽव !' अभिमन्यु की ओजस्वी आवाज—मैं चक्रव्यूह भेदूंगा...माता के गर्भ में...बीच-बीच में हँसी; सहयोग भरे वाक्य !

और यह सब अपनी पूर्णता को प्राप्त हुआ। शहर में मुनादी से खबर दी गई ! मेले-तमाशों के लिए बड़ा उत्साह होता है, काफी भीड़ जमा हुई

थी। टिकट दर थी सात पैसा...सबकी पहुँच के भीतर। तिवारी अपने हेडमास्टर की आज्ञा का उल्लंघन करके युधिष्ठिर बन रहा था ! बाजामास्टर ने 'ओपनिंग सीन' बड़ी मेहनत से तैयार करवाया था—दस नर्तकियाँ हाथों में आरती के थाल लिए विंग में खड़ी थीं, पर्दा उठने को था। बाजामास्टर बीच स्टेज पर लीला को चित्र लगा रहे थे, आँखों में आह्लाद के आँसू...शिवराज कमला को उत्तरा के वेष में देखता ही रह गया—इतना रूप ! प्राम्पटर हाथों में कापियाँ लिए अपनी-अपनी जगह खड़े हो गए थे। दूसरे सीन वाले लोग टाट के पर्दें से घेर कर बनाए हुए मेकअप रूम में तैयार हो रहे थे !

हबीब साहब ने विंग में से पूछा, 'रेडी !' बाजामास्टर ने लीला के चित्र पर माला डाली और माथा नवाकर स्टेज से हट आए...

विंग में खड़ी नर्तकियों ने घुँघरुओं की समवेत झनकार की...वातावरण शान्त हुआ और हबीब साहब ने मुस्कराती हुई आँखों से सबको आशीष देते हुए पर्दा उठाया—दोनों विंगों से आरती के थाल लिए घुँघरुओं की झनक के साथ थिरकते हुए पैर स्टेज पर आए...श्वेत वस्त्रा नर्तकियाँ; जैसे दो दिशाओं से सारसों की पाँत चम-चम करते सितारे लिए उतर पड़ी हों... दर्शकों ने तालियों की गड़गड़ाहट से स्वागत किया। आरती के थाल लिए श्रद्धामय भाव से नृत्य चल रहा था...

कि आग ! आग ! की आवाजें नेपथ्य से आईं...क्षण दो क्षण का असमंजस—तभी स्टेज के पीछे लपटें उठती दिखाई दीं और घबराए अभिनेता इधर से उधर भागने लगे—पानी लाओ...पानी लाओ...मिट्टी डालो...पर धू-धू करती लपटें पदों और लकड़ियों को निगलती आ रही थीं...हंगामा मच गया, दर्शकगण में भगदड़ मच गई और पचास-साठ आदमी स्टेज पर पिल पड़े...

बाजामास्टर बदहवास से इधर-उधर दौड़कर पर्दे गिरा रहे थे...हबीब साहब चीख रहे थे—'उधर के कपड़े खींच लो, न बढ़ने पाए आग...' पर भीड़ ने गैस के हण्डे तहस-नहस करके उन्हें अंधेरे की चादर में डुबो दिया। ...भाग-दौड़, आग से लड़ाई और कुछ लोगों की मार-पीट ...बल्लियाँ उखाड़ ली गईं। 'मारो...मारो सालों को ! एक भी भागने न पाए !' यह अचानक हमला कैसा ? कोई पहचाना भी नहीं जाता—आखिर यह हुआ क्या ? बाजामास्टर लीला की तस्वीर उठाने के लिए स्टेज पर भागे कि सर पर जैसे चट्टान आ गिरी हो, आँखों के नीचे अंधेरा...हबीब साहब के घुटने चलते

ही नहीं, यह क्या किया किसी ने ? तिवारी और शिवराज किसी तरह लड़कियों को लेकर टीन में खड़ा कर आए, वे डर से चीख रही थीं...

थोड़ी देर बाद तमाशाइयों की कुछ भीड़ उस बिखरे हुए सामान को देखने के लिए खड़ी रह गई थी—'यह बदमाशी है किसकी !'

'जानबूझ कर आग लगाई है, और हमला किया गया...'

हबीब साहब घुटने पकड़े एक तरफ बैठे हैं। बाजामास्टर बेहोश हैं—सर से थोड़ा खून आया है, ए प्राम्पटर का हाथ बुरी तरह जल गया है। लपटों ने बाजामास्टर को झुलसा दिया है। जले हुए पर्दों की राख पड़ी है, बल्लियों के जले हुए टुकड़े इधर-उधर लोट रहे है...दो चार बल्लियाँ जमीन में बुझी हुई मशाल की तरह गड़ी हैं। पोशाकों का कहीं पता नहीं, टीन के सन्दूक अधजले लुढ़क रहे है—और लीला की तस्वीर का फ्रेम भर रह गया है।

बेहोशी से उठकर कराहते हुए बाजामास्टर ने वह फ्रेम देखा—बीच की तस्वीर मुक्त आत्मा की तरह लुप्त है। शरीर पड़ा है। ठीक वैसे ही जैसे उस दिन लीला का पिंजरा निस्पन्द होकर उसकी गोद में पड़ा था। तब आकृति थी, आज वह भी नहीं, आँखें फाड़े बाजामास्टर देखते हैं—क्षार-क्षार हुई सृष्टि को...ध्वस्त सपने उनकी पुतलियों में फड़फड़ाते हैं, पर-कटे पक्षी की तरह...

एक विकराल हँसी...जैसी शमशान में कोई हँसा हो ! भयातुर-से लोग बाजामास्टर को देखते रह जाते हैं। लड़कियाँ टीन से इधर आ गईं, शिवराज उन्हें संभाल रहा है। हबीब साहब आवाज लगाते हैं—'यहाँ से उठाओ मुझे ! लोगों को अस्पताल पहुँचाओ...' पर बाजामास्टर में अजीब-सी शक्ति आ गई है, जैसे कुछ हुआ ही नहीं। आँखें फाड़कर कहते हैं—'युद्ध...कुरुक्षेत्र का युद्ध...चक्रव्यूह...हबीब साहब मारे गए ...मारे गए !' उनकी चीख डरावनी लगती है...

और तब से बाजामास्टर की यह चीखें बस्ती की किसी न किसी गली में वक्त-बेवक्त सुनाई पड़ती हैं...कमला उन्हें घर में रोक कर रखती है, कोठरी में ताला बंद करते सताती है। हाँ, सताती है वह। शिवराज से हमेशा कहती है, 'इनके लिए कुछ करो, मुझसे देखा नहीं जाता, कोठरी में बन्द करके सताना पड़ता है...'

'अकेले डर भी लगता होगा ?'

'डर नहीं, दुख होता है, कभी-कभी बड़े घबराकर रोते हैं मास्टरजी...'

और शिवराज देख रहा है—उसके पैरों तले से जमीन खिसक गई है। लक्ष्य भ्रष्ट तो नहीं हुआ; पर अवरोध तो है। कितनी जिम्मेदारियाँ एकदम ऊपर आ गईं। हबीब साहब चलने-फिरने से लाचार हैं। बाजामास्टर नीमपागल हो गए हैं, अर्धविक्षिप्त ! तिवारी को स्कूल कमेटी से नोटिस मिल गया, अगली पहली को उसकी नौकरी खत्म हो रही है। विभीषण रावण का शिकार हो गया। सरनाम उलझा-उलझा रहता है, बंसिरी अस्पताल में है—जाए भी कहाँ। और कमला तो जैसे बिल्कुल बदल गई। उसकी हँसी न जाने कहाँ खो गई ! शिवराज से लिखा भी नहीं जाता, कुछ लिख पाता तो शायद यह घुटन कम होती । जिन्दगी की इतनी उलझनों में प्यार-स्नेह की बातें भी करने को जी नहीं चाहता, हर वक्त एक आग धधकती है...

...रंगीले पिछले दिनों मुकदमे की चाल से समझ रहा था कि सचमुच जीवन में जरूरत सबकी पड़ती है ! ऐसे पलटे खा रहा था मुकदमा कि उसकी समझ के बाहर होता जा रहा था। घर आता, चुप पड़ा रहता—बंसिरी की हालत नाजुक थी, दिन-रात घंटा-मिनट लगा था। अस्पताल में ही प्रसव का इन्तजाम हो सकता था, और क्या होता ? सुबह उठकर निकल जाता। चरही में हाँफ-हाँफकर पानी भरता, भजन भी नहीं गुनगुनाता। खामोशी से चरही भरता और घर लौट आता, जैसे दुनिया से कट गया हो, देखकर बंसिरी परेशान होती, पर उसे एक ही सन्तोष था—वह सरनाम को सात साल के लिए जेल जाते हुए देख पाएगी...देख भी पाएगी या नहीं, 'मन कैसा होगा ? पछतावा तो नहीं होगा ? पछतावा कैसा...

रंगीले इधर कहीं से बिल्ली के बच्चे पकड़ लाया था, उन्हीं से उलझता रहता, बंसिरी पर कभी-कभी गुस्सा भी आता। किस झँझट में डलवा दिया ! जनने का समय सर पर और यह मुसीबत पीछे लगी है, दिमाग को फुर्सत ही नहीं मिलती ।

बंसिरी ने सहारा खोजा, गेंदाकवि को चिट्ठी डाली कि वह कुछ दिनों के लिए यहाँ चला आए। अभी तक कोई जवाब भी नहीं आया। रमते जोगी का कौन ठिकाना...

सरनाम के सर पर दोहरी तलवार लटक रही है ! हाकिम के रुख

का कुछ पता नहीं चलता, न जाने ऊँट किस करवट बैठे। और इस लाइन के मोटरों के राष्ट्रीयकरण की खबरें जोर पकड़ती जा रही हैं। अपनी बसें चलाकर पिछले दिनों सरकार को बहुत फायदा हुआ है, वह अपना फायदा देखती है, मजदूर का पेट नहीं। आखिर क्या इन्तजाम होगा इन ड्राइवरों और, क्लीनरों का, जो बेकार होकर बैठ जाएँगे ! सरकारी ड्राइवर आएँगे, तब इन्हें कहाँ काम मिलेगा भला !

मोटर मालिक यूनियन के मालिकान लखनऊ की दौड़-धूप में लगे हैं, धड़ाधड़ प्राइवेट कैरियरों के लैसन्स बनवा रहे हैं, दस-दस पाँच-पाँच हजार देकर, जैसा सौदा पट जाए। पर इन मजदूरों का पेट कट जाएगा ! मालिक भी क्या करें ? भागते भूत की लंगोटी पर सन्तोष कर रहे हैं। सरनाम के मोटर मालिक—जैन बाबू लखनऊ जाते हुए थोड़ी देर के लिए रुके थे, बड़ा अफसोस था उन्हें, उन्होंने ही खबर दी थी—'अगली पहली से सरकारी बसें चलने का आर्डर हो गया है। क्या करें भाई। बहुत कोशिश की पर कुछ हुआ नहीं...लैसन्स मिलनेवाली बात दबा गए। कहते थे—'क्या बताएँ, तुम लोगों से प्रेम-मुहब्बत हो गई थी, पर मजबूरी है। मेरा बस चलता तो अपने एक भी आदमी को बेकार न होने देता, लाचारी है अब तो ?'

सरनाम पिछले दिनों से छुट्टी पर था। फैसले की तारीख बढ़ती जा रही थी। शिवराज के रंग-ढंग समझ में नहीं आते ! रंगीले से वह मिलना चाहता था, पर वह मुँह चुराए था। समाने ही नहीं पड़ता। बड़ा मन करता, एक बार बात तो कर ले—फैसले के बाद ये सब शक्लें समय की लम्बी दीवार की ओट हो जाएँगी, लम्बे सात साल—कौन जिए, कौन मरे...कौन भटक जाए ! मन की बात तो कर लेता...और ...और उस बंसिरी को एक बार देख तो लेता, जिसका शाप धारण करके वह चुपचाप चला जाने को तैयार है ! मन बेहद डूबता है। हर तरफ खंडहर नजर आते हैं, हर इमारत ध्वस्त है, बरबादी...टूटन और अकुलाहट। पर मन न जाने कैसा हो गया है। बैर, घृणा, द्वेष से ऊपर उठ गया है। दुश्मन-दोस्त सब बराबर हो गए हैं। जी करता है, हरेक से लिपट-लिपटकर रोए...आँखों से ओझल होनेवाली इन गलियों, सड़कों, बाजारों को अच्छी तरह देखकर अपनी आँखों में अंकित कर ले ! वे छूटती हुई राहें-पगडंडियाँ ! ये गलियाँ, ये सड़क ! चेहरे...दुख-सुख ...जिन्दगी की गति। घने इमली वृक्षों की छाँह और गुरगुराकर भागनेवाली

मोटरें...पेट्रोल और मोबिलआयल की महक, कालिख से पुती श्रमशील अंगुलियाँ...चौराहे, चाय की दूकान ! और वह मशीनों की दुनिया, टूटे कलपुर्जों का संसार...और उसकी एकान्तिक वेदना का साथी बैंजो !

सोचकर मन को धक्का लगता है—इस अड्डे का सब कुछ बदल जाएगा ! धूल खड़खड़ाती मोटरें खामोश हो जाएँगी। शाम को जमने वाली ताश पत्तों की महफिल वीरान हो जाएगी ! ये दिलेर लोग बिखर जाएँगे। एक जिन्दगी ही खत्म हो जाएगी ! कैसे देखेगा यह सब ! अच्छा होता, पहले फैसला सुनाई पड़ता और वहीं से अपनी सूनी राह पर चला जाता यह सब न देखता, इन आँखों से। सचमुच देखा नहीं जाएगा ! वह कचहरी से सीधा चला जाएगा, इधर आएगा ही नहीं। सरकारी बसें पहली तारीख से चलेंगी और फैसले की तारीख है तीन ! बोतल...बोतल...होशोहवास गुम कर देनेवाली दवा !

और उसने यही तय किया था। वह कल ही बाहर चला जाएगा ! बस तीन तारीख की सुबह स्टेशन पर उतरकर सीधा कचहरी जाएगा और वहीं से सीधा उस अन्त, सुनसान राह पर ! उन सीकचों के पीछे, जो अपने सिवा और कुछ देखने नहीं देते।

जाने से पहले रंगीले और बंसिरी को देखने का मन करता था— रात की गाड़ी से उसे जाना था। भीतर ही भीतर कुछ छटपटाता है ... उसके पैर उठते जाते हैं और वह रंगीले के मकान वाली गली में है। वह कैसे आ गया यहाँ। दूर खड़ा होकर मकान देखता है—टाट के पर्दे से लालटेन की रोशनी छन रही है...एकटक देखता है—कोई छाया गुजरती है उस पर्दे के पीछे—शायद बंसिरी...ज़रा हटाकर झांक तो लेती एक बार ! नहीं, शायद रंगीले होगा—मेरे दोस्त ! तेरे कन्धे पर सर रखकर रो लूँ आज। मैंने कुछ भी बुरा नहीं माना—सच बंसिरी ...सच रंगीले ! यही तो मुझे पाना था एक दिन। तुमने क्या किया है ? वह घर के सामने से कई बार गुजरता है—प्यासी आँखों से ताकता है, हर बार...अब तो रोशनी भी नहीं, क्या करेगा मिलकर ...विदा ! मुझे माफ करना तुम दोनों...

चलती गाड़ी से सर निकाले हुए सरनाम अपने उस छोटे-से स्टेशन को पीछे छूटते देखता रहा...गाड़ी चलती गई...दूर बस्ती की बत्तियाँ टिम-टिमाती रहीं...अंधेरे रात में यादों की लौ-से चिराग ! बस्ती बिरानी हो गई—अब यह मोहक, नशे में डूबी उदास रातें वह कहाँ देख पाएगा ! डबडबाई आँखों के

पास सब डूब गया...

बाजामास्टर अपने चेहरे पर खड़िया पोतकर स्टेज पर जाने के लिए तैयार होते हैं कपड़े बदलते हैं और अभिनेताओं की तरह हाथ फटकार-फटकार कर कहते हैं—'हबीब साहब मारे गए ! हा...हा...हा...' उनकी हँसी सुनकर कमला डर जाती है। फिर वह फुसफुसाकर कहते हैं—'देखा लीला ! तुझे जिन्दा कर दिया मैंने...' कहते-कहते नाखूनों से अपना मुँह नोच डालते हैं ...खून की धारियाँ त्वचा पर उभर आती हैं, शक्ल और भी डरावनी हो जाती है। कमला उन्हें पकड़कर कोठरी में बन्द कर देती है और खुद देहरी पर बैठकर घण्टों रोती है, आँखें सुजा लेती है।

शिवराज से नहीं देखा जाता यह सब। एक दिन उसकी सूजी आँखों को देखकर बोला—'कमला, रोओगी तो मैं सब तहस-नहस कर डालूँगा, मेरी तरफ देखो...'

कमला ने देखा, उसकी उदास आँखों में ममता भरी थी। बहुत बोझ से वह बोला था—'अगर तुम्हें दुख होता है तो चलो हम आज शादी कर लें, जो होगा देखा जाएगा...'

कमला बोली—'मुझे गलत मत समझा करो !' आँखें झुकाए-झुकाए ही वह आगे बोली थी, 'मैं कब कुछ कहती हूँ। कुछ छिपा तो नहीं मुझसे।'

शिवराज का गला रुँध आया था, 'ज़रा पैर जमा लूँ कमला; वैसे तुम्हें आज बंसिरी दीदी के पास ले चलता; पर वह अस्पताल में जाने वाली हैं।'

'मैं मास्टरजी को ऐसे छोड़कर जाती भी नहीं, इन्हें कौन देखेगा !' कमला ने कहा था।

बाजामास्टर की हालत का प्रसंग आते ही शिवराज घबरा-सा गया, पर बोला, 'सब ठीक होगा...ठीक होगा कमला !'

कमला उसके कन्धे पर सर रखे बड़ी देर सन्तुष्ट-सी खड़ी रही थी। अपनी लिखी हुई कविताएँ कमला को दिखाकर वह तिवारी के पास चला गया। स्कूल कमेटी के निर्णय के खिलाफ तिवारी की अर्जी जिला विद्यालय निरीक्षक के पास पहुँचानी थी—उसे मौका देखकर निकाला गया है। सर्विस बुक उसकी मेहनत और ईमानदारी की गवाह है, पर वह कोई देखता नहीं। उसके स्थान पर एक कायस्थ मास्टर की नियुक्ति भी हो गई, पर अभी तक कोई सुनवाई नहीं हुई—

बाजामास्टर वैसे ठीक रहते हैं, पर कुछ दिन ठीक रहने के बाद अकस्मात न जाने क्या हो जाता है और वे कभी-कभी कमला की आँख बचाकर बाहर निकल जाते, गलियों में ठाहके लगाते—'लड़ाई...बम्—बम् बम्म !' कभी दार्शनिक हो जाते । तम्बाकू वालों की दूकान पर बैठकर लोगों को समझाते—'सीधी सड़क है एक ! पर...हर गली में आदमी घूमता है !' जमीन पर थूलकर पहियों की तरह हाथ चलाते हुए छुक-छुक करते वे किसी गली में दौड़ जाते हैं, शोर मचाते हैं, गलियाँ बकते...दो दिन कमला इन्तजार करती । फिर कभी अपनी रौ में वह कमला को पुकारते हुए लौटते हैं और घर आकर पड़ जाते हैं...सोते हैं, हँसते हैं, रोते हैं !

...बस्ती का जीवन बोझिल उदासी से भर गया था । कोई मेला-तमाशा नहीं, ऋतु के त्यौहार नहीं, शादी-ब्याह नहीं, राजनीतिक हलचल नहीं । जैसे घूमता हुआ चरख थककर स्थिर हो गया हो । वही चिर-पहचाने कामकाज— धीरे-धीरे रेंगती जिन्दगी । कुछ ऐसी खामोशी छाई थी शहर पर कि चौरोहे पर होने वाले लड़ाई-झगड़े भी नहीं सुनाई पड़ते थे । सड़क पर कोई गाय बकरी को भी हुलकारता । वक्त से मोटरें आतीं अड्डे पर खड़ी हो जातीं, भरती—चली जातीं । स्टेशन से इक्के कंकड़ की सड़क पर खड़-खड़ करते आते और किसी पेड़ की छाँह में रुक जाते । घोड़ों के मुँह में रातब की बाल्टियाँ लटकाकर इक्केवाले बेकारी की नींद सोते या घोड़े की मालिश करते ।

और यह सब था मंडी की वजह से—जहाँ सारा कारोबार अगली फसल तक के लिए लगभग ठप था । मंडी के फड़ों पर तौला लोग बैठकर रामायण बांचते और मुनीम पुराना हिसाब मिलाकर रोकड़ बही ठीक करते...एकाध पनचक्कियों की पुक-पुक की तीखी आवाज बस्ती की धड़कन की सूचना देती...

जिन्दगी ऐसे बह रही थी, जैसे उतर पर आई नदी । आसमान पर न बादल आते, न धुन्ध छाती । अबाबीलों के झुण्ड जो आसमानी ऊँचाइयों पर उड़ा करते थे, न जाने कहाँ खो गए थे ! ऊँघता हुआ पिंजर-सा शहर—रीढ़ की हड्डी-सी अकेली सड़क और उसमें पसलियों की तरह जुड़ी हुई सत्तावन गलियाँ ! जब सड़क पर हलचल होती तो गलियाँ भी थर-थररातीं !

और रंगीले अपने मुकदमे का फैसला सुनने के लिए बेचैन था। उदासी ने उसे बाँध रखा था—फैसले का दिन ! बंसिरी के दर्द उठ रहे हैं। वह सुबह उसे अस्पताल में छोड़ता हुआ कचहरी चला गया। गेंदाकवि का आसरा देखता रहा, शायद आ जाए, पर नहीं आए, अभी तक। मन में हजार शंकाएँ थीं—न जाने क्या हो जाए...

और स्टेशन पर सुबह की गाड़ी से सरनाम उतरा। परदेसी की तरह। शिवराज को देखने का मन था, उसे बुलवा लिया था। शहर की तरफ आया भी नहीं। सीधा कचहरी चला गया था।...

कचहरी के अहाते में खासी भीड़ थी। बाबू लोग भी अपना-अपना काम छोड़कर डकैती का फैसला सुनने के लिए जमा थे। गिरफ्तार मुजरिमों को जेल से लाया गया था। सरनाम ऐसे घूम रहा था, जैसे किसी को पहचानता तक नहीं। उसकी आँखें रंगीले को खोजती रहीं; पर वह जज के आने पर इजलास में दिखाई पड़ा ! और घोर सन्नाटे के बीच जब डकैती के मुजरिमों की रिहाई का फैसला सुनाई पड़ा तो कमरा गूँज उठा। गूँज-अनुगूँज और पचासों कण्ठों का तुमुल कोलाहल ! मुजरिमों के रिश्तेदार और साथियों ने कमरा सिर पर उठा लिया और उस हर्ष और मुक्ति आह्लाद में किसी ने आगे की बात नहीं सुनी...

रंगीले का कलेजा धक् से रह गया ! सब उलट गया—झूठी गवाही देने के जुर्म में तीन साल की सख्त कैद ! आँखों के नीचे अंधेरा छा गया ...यह क्या हुआ मेरे भगवान् ! अब क्या होगा ? सर पकड़कर वह वहीं बैठा रह गया। बेहोशी-सी आ रही थी...और पुलिस की हथकड़ियाँ उसके कानों के पास हाजार-हजार घण्टों की तरह घनघना रही थीं—

चाहकर भी सरनाम उसके पास सान्त्वना देने नहीं जा पाया। कटे पर नमक छिड़कना हो जाएगा अब तो ! पर मन चीत्कार करता रहा—अभी भी कोई उसे बन्द करके रंगीले को छोड़ दे...

शिवराज मिला तो उसने आँखें पोंछते हुए कहा—'भगवान् की यही मर्जी थी। परबस हो गया मैं तो। भइया, ज़रा उसका खयाल रखना, अस्पताल में देखभाल रखना, तुम्हारे ऊपर ही छोड़े जाता हूँ उसे, जरूरत पड़े तो उसका एकाध जेबर बेच लेना, पर गड़बड़ न होने पाए...' कहते-कहते उसका स्वर डूब गया था।

शिवराज ने आश्वासन दिया, 'बिलकुल चिन्ता की बात नहीं है। मैं पूरी देखभाल रखूँगा। दस-पाँच दिन नहीं, हमेशा ! हमेशा ! कमला को उनके साथ कर दूंगा। अस्पताल से जब वह घर आएगी, तो मैं वहीं रहने लगूँगा...

रंगीले की आँखों में याचना-भरी कृतज्ञता थी। देखा नहीं गया शिवराज से। सैकड़ों चिन्ताएँ, अभिलाषाएँ उसके मन में घुमड़ रही थीं; बहुत कुछ कहना चाहता था, पर कुछ भी नहीं कह पाया। बोला—'गेंदाकवि को जरूर बुला लेना...' फिर मुँह नीचे झुकाकर बोला था—'और सरनाम भइया से कहना...मुझे माफ करें...'

इसके बाद वह कुछ भी नहीं बोल पाया। दो सिपाहियों की हिरासत में जेलवाली सड़क पर सर झुकाए चलता चला गया था...

सरनाम का मन बेहद उदास था। घूमता-घामता जब घर की तरफ आया तो अड्डे पर जाकर बैठने को जी हुआ...बिलकुल भूल ही गया था कि यहाँ नई सृष्टि होगी—

देखकर बड़ी चोट पहुँची मन को—वे तखत जिनपर ड्राइवर और क्लीनर लस्त होकर पड़े रहते थे, अब नहीं थे। वहाँ सरकारी बसों का टिकटघर खड़ा था। छप्परवाली कोठरी की जगह टीन का शेड पड़ा था और नीली-नीली बसें शान से खड़ी थीं...वर्दीधारी ड्राइवर और कण्डक्टर, इधर-उधर आ-जा रहे थे। सवारियाँ एक तरफ कायदे से बैठी थीं, जैसे विदेश में यात्री पड़े हों ! वह अपनापन, वह मेल-मुहब्बत, जान-पहचान, सब जो गई थी। परिचित चेहरे न जाने कहाँ छुप गए थे ! उजड्डू किसानों की नजरों में खौफ-सा समाया था ! टूटी बाड़ीवाली लारियाँ; इमली के नीचे खड़ी होनेवाली बीमार मोटरें—सब लापता थीं ! वह हंगामा नहीं था...वह जिन्दगी नहीं थी...सब कुछ नया था, अच्छा था, पर सब अच्छाइयों के बीच कुछ ऐसा था जो नहीं था—रीता-रीता उजड़ा-उजड़ा ! सिर्फ एक पुरानी मशीन पड़ी थी, जहाँ की तहाँ उसकी चिर-पहचानी; उसी के पास जाकर बैठा रहा, अपनापन था उसमें, उसके लिए भी मन में कहीं कोई जगह सी...

पहले दिन सरनाम ने स्वयं शिवराज को अस्पताल भेजा था—'कोई तकलीफ न होने पाए उसे। जिस चीज की जरूरत हो मुझसे बताना !'

दूसरे दिन वह खुद गया था, पर कैसे देखे उसे ? सुख-दुख कैसे पूछे ? नर्स से चुपचाप हाल पूछकर चला आया। सुबह-शाम मन ही नहीं मानता।

उसके पैर उसे अस्पताल के फाटक पर लाकर खड़ा कर देते हैं। हर बार हिचक होती है। तरह-तरह के खयालों में डूबा वह फाटक के आस-पास घूमता रह जाता। लौटने को होता है, पर अनजाने-अनचाहे ही भीतर घुसकर नर्स से हाल पूछकर वापस चला आता है...शिवराज पूरी देख-भाल करता है, जाकर बंसिरी के पास कुछ देर बैठता है; बंसिरी और बच्चे का हाल जानने की उत्सुकता देखकर उसे सरनाम पर आश्चर्य होता है...

गेंदाकवि आ गए थे इस बीच—शिथिल तन, शिथिल मन ! गेरुआ वस्त्र, गले में कण्ठी और हाथ में चिमटा। आँखों में वैराग्य और कण्ठ में कबीर : धीरे-धीरे चिमटे पर गुनगुनाते हैं—'कबिरा गरब न कीजिए कबहुँ न हँसिए कोय...अपना नाव समुद्र में ना जाने का होय !' मन को शान्ति मिलती है इससे, माया-मोह का जंगल कटता है...

शहर में सन्नाटा है—जैसे घण्टे बजाता हाथी गुजर गया हो ! सड़क पर आवारा जानवर घूमने लगे हैं। रंगीले के बिना चरही सूखी पड़ी है, प्यासे जानवर भटकते हैं और कमला पागल बाजामास्टर को कोठरी में बन्द किए उस दिन की राह देख रही है, जब शिवराज अपने पैरों पर खड़ा हो पाएगा।

लेकिन जाननेवालों को यही अफसोस था कि अस्पताल में बच्चे को लिए पड़ी बंसिरी का क्या होगा ? कौन देगा सहारा उसे...

शाम हो गई थी। गेंदाकवि चौराहेवाली मटिया पर अफीम की पिनक में लेटे नीम और इमली की गहरी पड़ती कालिख को देखकर दार्शनिक की तरह कह रहे थे 'दुनिया में कोई किसी का नहीं ! कोई किसी को सहारा नहीं देता, सब मतलब के यार हैं...'

किसी ने बात जोड़ दी, 'दोस्त दुश्मन हो जाता है महाराज !'

सरनामसिंह के खिलाफ रंगीले गवाही देगा, यह भी किसी ने सोचा था उलटी धारा बह रही है। अब सरनाम बदला लेगा उसके बाल-बच्चों से !'

तभी सड़क से दो छायाएँ गुजरती दिखाई पड़ीं। एक आदमी जिसकी गोद में छोटा-सा बच्चा था और पीछे-पीछे आती हुई एक औरत ! गेंदाकवि ने आँखें फाड़कर देखा और पुकारा—'कौन सरनामसिंह !'

'हाँ गेंदा महाराज ! क्या बात है ?' सरनाम ने रुककर जवाब दिया।

'साथ में कौन है, कोई रिश्तेदार आ गया क्या...?'

'बंसिरी है गेंदा महाराज !' कहते हुए वह आगे बढ़ गया 'अस्पताल से ले आया हूँ इसे...वहाँ कब तक पड़ी रहती...'

बंसिरी के बच्चे को गोद में लिए आगे-आगे सरनाम चला जा रहा था और उसकी चट्टान-सी पीठ को निहारती पीछे-पीछे चली जा रही थी बंसिरी। सड़क पार कर गली में रंगीले के घर का ताला खोलकर बच्चे को देकर सरनाम बोला, 'घर में दीया-बत्ती जला ले ! मैं चल रहा हूँ। रंगीले नहीं है तो अकेला मत समझना अपने को ! कुछ जरूरत हो तो मुँह खोल के कह देना...जा...भीतर जा...'

और अपनी गली के लिए मुड़ते हुए सरनाम ने हलकी-सी रोने की आवाज सुनी थी...पता नहीं बंसिरी क्यों रो पड़ी...यह सोचता हुआ वह अपने सुनसान घर में लौट आया था।

❑❑❑